DIE BÜRDE DES DRACHEN

Die Gefährten der Tahoe-Drachen
Buch 4

JESSIE DONOVAN

Mythical Lake Press, LLC

Impressum

Englisches Copyright © 2020 Laura Hoak-Kagey
Deutsches Copyright © 2025 Laura Hoak-Kagey
Deutsche Übersetzung von Anna Drago und Katrin Dolle
Mythical Lake Press, LLC
www.JessieDonovan.com

Cover-Art von Laura Hoak-Kagey von Mythical Lake Design

ISBN: 9798891560864

Die **Stonefire Drachen** und **Lochguard Highland Drachen** Serien sind miteinander verflochten. Da so viele Leser nach der Lesereihenfolge fragen, habe ich sie in dieses Buch aufgenommen. (Diese Liste gilt ab November 2025.)

Dem Drachen geopfert (Stonefire Drachen #1)

Den Drachen verführen (Stonefire Drachen #2)

Die Drachen offenbaren (Stonefire Drachen #3)

Den Drachen heilen (Stonefire Drachen #4)

Den Drachen wiedererwecken (Stonefire Drachen #5)

Das Dilemma des Drachen (Lochguard Highland Drachen #1)

Vom Drachen geliebt (Stonefire Drachen #6)

Der Drachenwächter (Lochguard Highland Drachen #2)

Dem Drachen ergeben (Stonefire Drachen #7)

Das Drachenherz (Lochguard Highland Drachen #3)

Vom Drachen geheilt (Stonefire Drachen #8)

Der Drachenkrieger (Lochguard Highland Drachen #4)

Dem Drachen helfen (Stonefire Drachen #9)

Den Drachen finden (Stonefire Drachen #10)

Vom Drachen ersehnt (Stonefire Drachen #11)

Die Drachenfamilie (Lochguard Highland Drachen #5)

Skyhunter gewinnen (Stonefire Drachen Universum #1)

Die Entdeckung des Drachen (Lochguard Highland Drachen #6)

Snowridge Verwandeln (Stonefire Drachen Universum #2)

Kapitel Eins

Brad Harper beobachtete die Menschenfrau namens Natasha Jenkins, wie sie lächelte und einem Mann seine letzte Bestellung für die Nacht reichte. Obwohl er wusste, dass sie fast jeden anlächelte, konnte er sich kaum davon abhalten, seine Nägel in seinen Oberschenkel zu krallen.

Sein innerer Drache – die zweite Persönlichkeit in seinem Kopf – meldete sich zu Wort. *Du bist derjenige, der ihr widersteht, also hast du kein Mitspracherecht. Du weißt, dass sie unsere wahre Gefährtin ist.*

Brad hatte das seit dem ersten Tag gewusst, als er mit seinen Freunden in Tashas Bar gekommen war. Natürlich, wer würde die Frau mit den schwarzen, blau gesträhnten Haaren, den warmen braunen Augen und der braunen Haut nicht bemerken? Haut, die er nur zu gerne erkunden würde, um jede Kurve und Vertiefung ihres Körpers besser kennenzulernen.

Nicht, dass er seiner Anziehung nachgeben würde. *Und du weißt, warum ich ihr widerstehe.*

Sein inneres Tier seufzte. *Also hat Amber uns vor über einem Jahr für einen Menschenmann verlassen. Das sollte dich nicht dazu bringen, alle Menschen zu hassen, besonders nicht, wenn es um unsere Schicksalsgefährtin geht.*

Für einen Drachenwandler war eine wahre Gefährtin die beste Chance auf Glück. Keine Garantie, natürlich, aber die Aussichten waren meist besser. Ein Kuss mit ihr würde auch den Gefährtenrausch auslösen, im Grunde ein nonstop Sex-Marathon, der in einer Schwangerschaft endete.

Aus diesem Grund mussten alle ehrenhaften Drachenwandler vorsichtig mit ihrer wahren Gefährtin umgehen, besonders wenn sie ein Mensch war und keine Ahnung hatte, was das alles bedeutete.

Er antwortete seinem Drachen: *Vielleicht kannst du Amber so leicht vergessen, aber ich habe von ganzem Herzen geliebt. Ich werde mich nicht einfach in eine Schicksalsgefährten-Paarung stürzen, nur weil diese Frau aufgetaucht ist. Besonders, da Menschen eine Menge Arbeit und Vorsicht erfordern, für die ich keine Geduld habe. Also hör auf, mich zu drängen.*

Dann hör du auf, eifersüchtig zu werden, wenn andere Männer sie anlächeln. Das ist alles dein eigenes Werk. Sie könnte uns anlächeln, wenn du nur ein bisschen versuchen würdest, sie für dich zu gewinnen.

Tasha zwinkerte dem großen Mann an der Bar zu, und Brad unterdrückte ein Knurren. *Es ist nicht ganz allein mein Werk. Wenn David mich nicht gebeten hätte, diesen Job als Sicherheitsmann zu übernehmen, hätte ich keinen Fuß in diese Bar gesetzt, sobald ich von Tasha wusste.*

David Lee war der Anführer des Clans StoneRiver, der Drachenclan nordwestlich des Lake Tahoe in Kalifornien. Natürlich war David mehr als nur ein Anführer – er war auch Brads Freund, für den er fast alles tun würde. Deshalb hatte er den Sicherheitsjob trotz allem angenommen.

Bevor sein Drache antworten konnte, bemerkte Brad, wie zwei Menschenmänner an einem der hinteren Tische der Bar aufstanden, und er beobachtete ihre Bewegungen genau. Den ganzen Abend hatten die beiden sowohl ihm als auch seinem Tier ein seltsames Kribbeln beschert, fast so, als wären sie eine Bedrohung.

Und doch hatten sie nichts getan, was es rechtfertigen würde, sie auf die Straße zu werfen. Noch nicht.

Trotzdem vermutete Brad, dass sie Teil der AHOL waren – zu Deutsch: Amerika nur für Menschen-Liga. Die meisten nannten sie einfach die Liga, eine Gruppe durchgeknallter Mistkerle, die alle Drachenwandler aus den USA in andere Länder vertreiben wollten. Sie hatten es auch auf Unternehmen abgesehen, die Drachenwandlern freundlich gesinnt waren, in der Hoffnung, dauerhaft einen Keil zwischen die beiden Gruppen zu treiben.

Nicht, dass die dummen Idioten begriffen, dass Drachenwandler schon genauso lange auf der Erde lebten wie Menschen. Während Brads Vorfahren größtenteils gefangene Drachen waren, die vor Hunderten von Jahren aus Irland hergeschickt wurden – die Vereinigten Staaten hatten damals Drachen gegen Geld aus anderen Ländern aufgenommen und sie in Gefängnisreservaten eingesperrt. Doch viele aus seinem Clan hatten schon immer hier gelebt – lange bevor die europäischen Siedler kamen.

Mit anderen Worten, sie hatten mehr Anspruch als die überwältigende Mehrheit der heutigen Menschen. Nicht, dass die Liga sich um Fakten oder Geschichte scherte. Ihr Hass leitete jede ihrer Handlungen.

Die beiden Männer gingen lässig auf die Bar zu, und Brad rutschte an den Rand seines Sitzes, falls er Tasha helfen musste. Die beiden bestellten wie jeder andere Kunde, aber Brad ließ sie nicht eine Sekunde aus den Augen. Er war es gewohnt, zu beobachten und Details zu bemerken. Immerhin war sein Hauptjob der eines Beschützers, wie Drachenwandler die Mitglieder ihrer Clan-Sicherheitsteams nannten.

Tasha servierte den Menschen schnell zwei Bier. Einer der Männer nahm seines und drehte sich weg. Der andere folgte ihm.

Doch genau in dem Moment, als sie einen Schritt machten, drehte sich einer von ihnen um und sprang über die Theke.

Brad war sofort auf den Beinen. Trotz seiner übermenschlichen Geschwindigkeit gelang es

Tasha, sich schnell zu ducken und dem Kerl ihr Knie in die Hoden zu rammen, bevor Brad sie erreichen konnte. Der Angreifer sackte zu Boden und krümmte sich, während Brad den anderen Mann anvisierte.

Kurz bevor er bei dem Menschen war, zog der Mistkerl eine Waffe und richtete sie auf Tasha. Brad warf sich in dem Moment auf ihn, als er abdrückte, und der Schuss ging daneben.

Er ignorierte die Schreie und das Chaos, um den Menschen zu Boden zu drücken, die Waffe wegzutreten und schnell zu überprüfen, ob es Tasha gut ging.

Sie erwiderte seinen Blick und nickte zittrig. Die meisten hätten das kleine Detail nicht bemerkt, aber Brad hatte die Menschenfrau monatelang beobachtet. Und sie war nie zittrig.

Mit einem Knurren zog er den Menschenmann hoch und drückte ihm die Hände auf den Rücken.

Der Mensch versuchte, seinen Kopf zu drehen und Brad anzuspucken, bevor er sagte: „Nimm deine verdammten Hände von mir, Drachenabschaum."

Brad schenkte der Drohung keine Beachtung. Während Gesetze ihn davon abhielten, altmodische Vergeltung zu üben, hätte er den Menschen in zwei Hälften brechen können, wenn er wollte. „Warum hast du versucht, eine Menschenfrau zu erschießen?"

Der andere Mann, der jetzt, wie er bemerkte,

von Tashas Knie auf seinem Rücken festgehalten wurde, schrie: „Sag nichts!"

Sein Bauchgefühl sagte ihm, dass es einen schnelleren Weg gab, seine Vermutungen über die Männer zu bestätigen. Also drückte Brad dem Menschen weiter die Handgelenke mit einer Hand auf den Rücken und schob den Ärmel des Mannes hoch.

Und da war es, auf seinem inneren Handgelenk: das Tattoo, das alle Ligamitglieder hatten – ein Adler, der ein Gewehr in einer Klaue und eine amerikanische Flagge in der anderen hielt.

Verdammt! Vor einigen Wochen hatte es in der Bar einen „Fast-Zwischenfall" mit ein paar Ligamitgliedern gegeben. Aber seitdem war es ruhig gewesen, und Brad hatte gedacht, sie hätten sich verzogen. Besonders, da in den letzten Wochen, abgesehen von ihm, keine Drachenwandler die Bar betreten hatten, aufgrund von Warnungen, die alle Clanführer in der Gegend herausgegeben hatten.

Glücklicherweise traf die Menschenpolizei ein und nahm die beiden Männer fest. Es fiel Brad schwer, die zwei Arschlöcher einfach zu übergeben, da ein Teil seines Jobs als Beschützer das Verhör von Feinden war.

Aber die Menschenpolizei kümmerte sich um menschliche Verbrecher. So war es schon seit Langem in den USA.

Sein Drache knurrte. *Was verdammt lächerlich ist. Sie haben versucht, unsere Gefährtin zu töten.*

Aber sie haben es nicht getan. Und wenn wir ins Gefängnis geworfen werden, erreichen wir nichts.

Sein Tier grunzte und schmollte in ihrem Geist. Brad verstand die Stimmung, wusste aber auch, wie wichtig es war, die menschlichen Gesetze zu befolgen, um die Privilegien seines gesamten Clans nicht zu gefährden.

Sobald Tasha ihre Aussage gemacht hatte, ebenso wie er, und alle außer Brad und Tasha gegangen waren, fragte er die Menschenfrau abrupt: „Hat er irgendwas zu dir gesagt?"

Tasha drehte ihr langes Haar mit einer Hand, was bei ihr ein Anzeichen dafür war, dass etwas nicht stimmte.

Er kannte sie besser, als er wollte.

Sie seufzte und ließ ihr Haar los. „Nur das übliche Liga-Gequatsche. Die Cops sagten, sie würden die Bar besser im Auge behalten."

Brad wünschte sich, so optimistisch sein zu können. „Von allen Orten in Reno haben sie zufällig diesen hier ausgesucht? Wohl kaum. Es hängt wahrscheinlich mit dem zusammen, was vor ein paar Wochen hier passiert ist. Das hat dich definitiv zur Zielscheibe gemacht. Also musst du entweder die Sicherheitsmaßnahmen erhöhen oder die Bar für ein oder zwei Wochen schließen, um die Lage abzukühlen."

Sie verdrehte die Augen. „Und seit wann bist du mein Boss?"

Er grunzte. „Ich bin nicht dein verdammter

Boss, das weißt du. Aber ich versuche, dich am Leben zu halten."

Ihre braunen Augen suchten seine. „Sie ziehen diesen Mist ständig mit drachenfreundlichen Geschäften ab, Brad. Normalerweise verschwinden sie nach einem Versuch für eine Weile. Das weißt sogar du. Warum sollte es diesmal anders sein?"

„Weil Duncan Parrish vor Wochen hier war, darum. Er hat Freunde an einflussreichen Stellen, und wir alle denken, dass er mit der Liga zusammenarbeitet, können es aber nicht beweisen. Der Typ ist wohlhabend und einflussreich und gewohnt, mit allem durchzukommen. Als das ADDA ihn übertrumpft und gewonnen hat, gefiel Duncan das nicht."

ADDA stand für das American Department of Dragon Affairs. Sie waren für die gesamte Aufsicht über Drachenwandler zuständig.

Eine ihrer Mitarbeiterinnen war in Tashas Bar von ein paar Ligamitgliedern belästigt worden, und danach hatte die Mitarbeiterin den Drachenclans rund um Tahoe zusätzlichen Schutz verschafft. Unnötig zu sagen, dass Duncan und seine Handlanger es nicht mochten, rausgeworfen zu werden, geschweige denn die neuen Sicherheitsmaßnahmen für die Tahoe-Clans.

Tasha lehnte sich an die Theke und schüttelte den Kopf. „Ich brauche mehr als einen Verdacht, um die Bar zu schließen. Das ist mein ganzes Leben, Brad. Ich lasse mich von ein paar Arschlöchern nicht verscheuchen. Außerdem bist du hier, um mir zu helfen, und ich dachte, du wärst der Beste?"

„Das bin ich. Aber selbst ich kann keine Kugeln stoppen, die nach Belieben fliegen."

Ein Mundwinkel zuckte nach oben. „Ich bin sicher, wenn es einen Weg gibt, wirst du ihn finden."

Ein kleiner Teil von ihm wollte die Menschenfrau zurücknecken. Aber Brad weigerte sich, dem nachzugeben, um sie in keiner Weise zu ermutigen.

Er spürte, dass sein Drache wieder sprechen wollte, also sagte er hastig zu Tasha: „Herumwitzeln ändert nichts. Du musst die Bar für eine Weile schließen, Punkt."

Sie hob die Augenbrauen. „Damit sie mich zu Hause angreifen können? Sich zu verstecken hilft mir nicht, wenn sie wirklich entschlossen sind."

Die Menschenfrau hatte recht. Es gab jedoch einen Ort, den die Ligamitglieder niemals betreten würden – Clan StoneRiver. Bei all ihrem Gerede über Drachenhass und dem Wunsch, sie loszuwerden, waren sie Feiglinge, wenn es wirklich darauf ankam. Drachenclans zu besuchen gehörte nicht zu ihren üblichen Aktionen. Besonders jetzt, da das ADDA die Clans mehr als zuvor überwachte.

Nicht, dass er Tasha vorschlagen würde, bei seinem Clan zu leben. Nein, er würde dafür sorgen, dass ihr Haus sicher war, und dann eine ständige Wache einrichten. Das könnte eine Lösung sein, mit der die Menschenfrau leben könnte.

Während sie ihn weiter anstarrte, offensichtlich

auf eine Antwort wartend, deutete Brad zur Hintertür. „Dann lass mich zumindest sicherstellen, dass du heil nach Hause kommst. Wir reden morgen weiter darüber."

„Das ist nicht deine Bar, Brad. Und es ist nicht deine Entscheidung."

Vielleicht sollte er netter zu Tasha sein, angesichts all dessen, was passiert war. Aber selbst, wenn er nicht vorhatte, seine wahre Gefährtin zu beanspruchen, würde er sie verdammt nochmal beschützen, was bedeutete, ehrlich zu sein. „Ich weiß, dass das dein Laden ist, Tasha. Aber du hast mich als Sicherheitsmann engagiert, und ich werde meine Pflicht nicht beiseiteschieben, nur weil dir nicht gefällt, wie ich meinen Job mache."

Während sie ihn musterte, fragte er sich, ob er noch mehr Fakten auf den Tisch legen müsste, um sie zur Tür zu bringen. Aber sie seufzte schließlich und ging in den hinteren Bereich. „Na gut, ich gehe fürs Erste nach Hause. Wenn du nicht so verdammt gut in deinem Job wärst, wäre ich versucht, dich zu feuern."

Er grunzte als Antwort, während sein innerer Drache erneut sprach. *Sie hat uns bemerkt. Das ist gut, sehr gut. Vielleicht wirst du ihr mit der Zeit die Wahrheit sagen.*

Nicht bereit, denselben Streit nochmal durchzukauen, ignorierte er sein Tier und stellte sicher, dass die Luft rein war, um Tasha hinauszubegleiten.

Gerade als sie ihr Auto erreichten, das hinter

dem Gebäude geparkt war, bemerkte er, dass alle vier Reifen platt waren. Außerdem steckte ein gefaltetes Stück Papier unter ihrem Scheibenwischer.

Während sein Drache warnend knurrte, befahl Brad: „Bleib hier, aber pass auf. Irgendwas stimmt nicht."

Die Menschenfrau nickte, offensichtlich immer noch überrascht über die aufgeschlitzten Reifen. Brad nahm die Notiz, öffnete sie und las: „Das ist deine letzte Warnung. Meide alle Drachen oder trage die Konsequenzen."

Es gab keine Unterschrift, nur einen Stempel am unteren Rand der Notiz mit dem Logo der Liga.

Er ging zurück zu Tasha, wissend, dass die Notiz alles verändert hatte.

Sie würde doch mit ihm nach StoneRiver kommen müssen. Was bedeutete, neue Wege zu finden, sich von ihr fernzuhalten, während er sie gleichzeitig beschützte.

Brad reichte ihr die Notiz, und sobald sie sie gelesen hatte, sagte er: „Du kommst heute Nacht mit mir nach StoneRiver. Keine Diskussion. Denn keiner deiner Einwände ist dein Leben wert."

Er deutete auf sein Auto weiter die Straße hinunter und wartete, um zu sehen, ob Tasha zustimmen würde oder ob er die Rolle des barbarischen Drachenwandlers spielen und sie zu seinem Fahrzeug tragen müsste.

Nicht, weil sie seine wahre Gefährtin war und sein Drache wegen ihrer Sicherheit knurrte. Nein,

Brad überzeugte sich selbst, dass es daran lag, dass sie ihn engagiert hatte, um sie zu beschützen, und er stolz darauf war, der Beste zu sein. Mehr nicht.

Natasha Jenkins war nicht aus Prinzip stur. Ihre Beharrlichkeit hatte ihr über die Jahre geholfen, viele ihrer Ziele zu erreichen. So hatte sie eine erfolgreiche Bar in Reno aufgebaut, die noch profitabler geworden war, nachdem sie ihre Türen für Drachenwandler geöffnet hatte.

Als also ein paar Arschlöcher versucht hatten, sie einzuschüchtern, hatte sie versucht, es abzutun. Es war nicht das erste Mal, dass ein Mann versucht hatte, ihr zu schaden. Wenn Leute zu viel tranken, passierte manchmal Scheiße.

Aber als sie auf die Notiz in ihren Händen starrte, die von einer letzten Warnung sprach, und dann auf ihre aufgeschlitzten Reifen blickte, wusste sie, dass das mehr als eine leere Drohung war. Die verrückten AHOL-Bastarde konnten tatsächlich versuchen, sie zu töten.

Es schien, als hätte sie sich gefährliche Feinde gemacht, als sie sich vor über einem Monat auf die Seite der ADDA-Mitarbeiterin Ashley Swift und ihrem Drachenmann-Date gestellt hatte.

Da die Zuständigkeiten durcheinandergerieten, wenn die Welten von Menschen und Drachen aufeinanderprallten, wie es bei der Liga der Fall war, hatte sie kein Vertrauen, dass die Polizei es ernst nehmen würde. Sie könnten es komplett als Verantwortung des ADDA abtun und wegschauen.

Mit anderen Worten, sie brauchte die Hilfe von Drachenwandlern, wenn sie überleben wollte.

Als Brad also sagte, dass sie für die Nacht zu seinem Clan kommen würde, wusste sie, dass es die einzige Option war. Also nickte sie. „Für heute Nacht. Aber ich plane, das zu klären, Brad. Ich gebe meine Bar nicht so leicht auf."

Er grunzte, nahm ihre Hand und führte sie die Straße hinunter.

Tasha versuchte zu ignorieren, wie warm und groß seine Hand um ihre war. Ihrer Erfahrung nach waren die meisten Drachenmänner sexy, muskulös und hatten eine Anziehungskraft, der die meisten Menschenfrauen – und auch einige Männer – schwer widerstehen konnten.

Nicht nur war sie entschlossen, sich von keinem Mann ablenken zu lassen – Drache hin oder her –, sie wusste, dass Brad Harper sie nicht besonders mochte. Er arbeitete nur als Gefallen für seinen Clanführer in ihrer Bar, und die meiste Zeit ignorierte er sie, es sei denn, es tauchte eine Sicherheitsbedrohung auf.

Dass er sie beschützen und im Auge behalten musste, war wahrscheinlich nichts weiter als eine lästige Pflicht. Er hielt ganz sicher nicht ihre Hand, weil er es wollte. Nein, er musste nur sicherstellen, dass sie ihre Meinung nicht änderte.

Was zeigte, wie wenig er sie kannte. Denn sobald Tasha eine Entscheidung getroffen hatte, hielt sie daran fest, bis die Umstände sie zwangen, erneut hinzuschauen.

Sie erreichten schließlich sein kleines, blaues Auto, und Brad bedeutete ihr, stehen zu bleiben. Sie beobachtete, wie er den Motor und die Unterseite des Wagens inspizierte. Es war seltsam, ihn etwas anderes tun zu sehen, als in einer Ecke zu sitzen und den Raum mit seinen durchdringenden blauen Augen zu überwachen, wie er es die meisten Abende in ihrer Bar tat.

Und sie würde ganz sicher nicht bemerken, wie breit seine Schultern waren oder wie schnell er sich bewegte, ohne einen Laut zu machen.

Zum ersten Mal, seit sie ihn eingestellt hatte, fragte sich Tasha wie sein Leben auf StoneRiver war. Und nicht nur, weil sie ihm gerade möglicherweise ihr eigenes Leben anvertraute.

Brad sprang auf die Füße und deutete auf die Beifahrerseite. „Steig ein."

Normalerweise mochte sie es nicht, Befehle entgegenzunehmen, aber sie war begierig darauf, für die Nacht unter den Schutz der Drachenwandler zu kommen. Also glitt sie auf den Sitz. Doch sobald sie beide im Auto waren, fragte sie: „Was kannst du in einer Nacht tun, um mir zu helfen?"

Er fuhr auf die Straße. „Es wird uns Zeit geben, einen Plan zu machen."

Sie bemerkte das „uns" in seiner Aussage. „Ich bin dankbar für deine Hilfe vorhin, wirklich. Aber ich bin mir nicht sicher, wie du und dein Clan mir helfen könnt, sobald ich nicht mehr auf StoneRiver bin."

Er umklammerte das Lenkrad fester. „Die Aktivitäten der Liga sind in den letzten Monaten gestiegen. Nach dem, was wir in meinem Clan gehört haben, nehmen sie jetzt auch Menschen ins Visier. Ich hatte gehofft, ich liege falsch, aber nach heute Abend ist die ganze Situation viel ernster, als du denkst, Tasha." Er warf ihr endlich einen Blick zu. „Ich bin nicht dramatisch, wenn ich sage, dass dein Leben sich in den nächsten Tagen für immer ändern könnte."

Sie suchte seinen Blick und bemerkte, wie seine Pupillen zwischen rund und geschlitzt hin- und herwechselten, was die Anwesenheit seines inneren Drachen verriet. Vielleicht fanden manche das seltsam, aber sie war an die blitzenden Drachenaugen gewöhnt. Also antwortete sie lediglich: „Das ist verdammt vage, Brad."

Er schüttelte den Kopf. „Ich kann nichts weiter sagen, bis wir mit meinem Clanführer gesprochen haben. David wird besser wissen, wie man mit dem ADDA umgeht, als ich."

„Wenn du dich auf das ADDA verlässt, dann lass mich Ashley anrufen. Sie hat gesagt, ich soll sie jederzeit anrufen."

„Und das musst du vielleicht. Aber lass uns abwarten, ob die Männer von heute Abend angeklagt werden oder nicht. Das wird uns viel darüber sagen, ob die Polizei helfen wird oder wegsehen."

Sie musterte ihn erneut und bemerkte sein starkes Kinn und die leicht krumme Nase, bevor sie langsam fragte: „Was meinst du mit ‚ob' sie angeklagt werden? Ich weiß, dass die Polizei bei drachenbezogenen Verbrechen wankelmütig sein kann, aber sie haben eine Menschenfrau angegriffen. Das ist unstrittig."

Er knurrte. „Wir sammeln noch Beweise, aber wir denken, dass einige der örtlichen Polizisten Sympathisanten der Liga sind."

Scheiße! Wenn das stimmte, war die Situation von etwas beunruhigend zu verdammt gefährlich geworden.

Und zum ersten Mal seit über einem Jahrzehnt war Tasha nicht sicher, was sie tun sollte.

Brads Stimme unterbrach ihre Gedanken. „Keine Sorge, selbst wenn die Polizei dich aufgibt, werden wir es nicht tun. David hat versprochen, sich um deine Bar zu kümmern, aus Gründen, die nicht einmal ich verstehe. Aber du solltest einfach wissen, dass er ein ehrenhafter Mann ist und es durchziehen wird."

Obwohl es nie bestätigt wurde, vermutete Tasha, dass es etwas mit ihrer Tante und jemandem aus StoneRiver zu tun hatte. Sie hatte Gerüchte gehört, dass ihre Tante versucht hatte, mit einem Drachenwandler aus StoneRiver durchzubrennen, aber erwischt und quer durchs Land geschickt worden war. Soweit sie wusste, könnte ein Versprechen gegeben worden sein oder so etwas.

Ihre Tante war gestorben, bevor Tasha sie danach fragen konnte.

Egal, sie würde StoneRivers Hilfe fürs Erste annehmen. Es würde ihr Zeit geben, mit Ashley Swift, die immer noch für das ADDA arbeitete, und ein paar anderen vertrauenswürdigen Personen zu sprechen. Vielleicht könnte sie eine Lösung finden, bei der sie weiterhin ihre Bar führen und in ihrem eigenen Bett schlafen konnte, ohne ständig über ihre Schulter nach einer weiteren Kugel zu schauen.

Denn sie wollte nicht auf die leise Stimme in ihrem Kopf hören, die sagte, sie müsste vielleicht ihre Bar verkaufen und woanders neu anfangen. Tasha hatte zu hart und zu lange gearbeitet, um ihr Geschäft aufzugeben.

Es musste eine Lösung geben, es musste einfach.

Aber als Brad sie nach StoneRiver fuhr, siegte die Erschöpfung schließlich über ihre rasenden Gedanken, und sie schlief ein.

Kapitel Zwei

Für Brad war es die pure Hölle, fast zwei Stunden lang in einem Auto mit Tasha eingepfercht zu sein. Und nicht nur, weil er normalerweise am Rand des Waldes parken, sich in seine Drachengestalt verwandeln und den Rest des Weges nach Hause schnell fliegen würde, anstatt die lange Fahrt zu machen.

Nein, es war die Hölle, weil sein Drache ständig ihre Wärme erwähnte, oder wie ihre Lippen sich im Schlaf öffneten, oder wie schön es war, von ihrem Duft umgeben zu sein.

Alles Dinge, die Brad nicht bemerken wollte, aber in einem so engen Raum bemerken musste.

Das Lenkrad fester umklammernd, versuchte er, sich darauf zu konzentrieren, was mit Tashas Bar zu tun war, anstatt darauf, dass seine wahre Gefährtin auf dem Sitz neben ihm schlief. Je schneller er dieses Problem löste, desto eher konnte er wieder Abstand zwischen sie bringen.

Sein Drache gähnte. *Bist du es nicht langsam leid, die Anziehung zu leugnen? Du spürst sie genauso wie ich. Und wenn du sie endgültig wegstößt, weißt du, dass du es bereuen wirst.*

Sie wegzustoßen bedeutet verdammt viel weniger Probleme.

Also würdest du lieber zulassen, dass die Liga sie ins Visier nimmt, als in ihrer Nähe zu sein?

Das habe ich nicht gesagt.

Sein inneres Tier seufzte. *Das ergibt überhaupt keinen Sinn. Sprich wieder mit mir, wenn du das alles geklärt hast.*

Als Stille in seinem Geist einkehrte, kostete es Brad jedes bisschen Kraft, das er besaß, die Augen auf der Straße zu halten und die schlafende Frau zu ignorieren.

Sein Drache hatte recht – sie roch so verdammt gut. Er stellte sich vor, neben ihr aufzuwachen, mit seiner Nase an ihrem Hals, und es ließ seinen Schwanz zucken.

Verdammt! Er sollte ihr widerstehen. Menschen bedeuteten Ärger in seinem Buch. Außerdem hatte er Amber geliebt.

Er blinzelte fast. Brad hatte die Vergangenheitsform verwendet, was er noch nie zuvor in Gedanken an sie getan hatte.

Hatte er die Frau endlich überwunden? Er war so verdammt verliebt in sie gewesen und kurz davor, ihr einen Antrag zu machen, als sie mitten in der Nacht geflohen war. Niemand hatte gewusst, dass sie weg war, bis zum nächsten Tag, nicht einmal er.

Sein Tier flüsterte: *Amber ist nicht mehr da. Aber Tasha ist hier.*

Er wagte einen Blick auf das schlafende Gesicht der Menschenfrau. Sie lehnte gegen das Fenster, ihr Haar lag an ihrer Wange. Es juckte ihm in den Fingern, die blauen Strähnen darin zu berühren, neugierig, warum sie die Farbe dort ständig wechselte.

Was mache ich da? Er brauchte definitiv nicht noch den Kopfschmerz einer wahren Gefährtin zu allem anderen. Um sie herumzutanzen, sie niemals zu küssen, bis sie bereit war, würde ihn von seiner Arbeit ablenken, sowohl für den Clan als auch dabei, für ihre Sicherheit zu sorgen. Immerhin nützte eine tote Tasha niemandem etwas.

Sein Drache sagte selbstgefällig: *Aber du fängst an zu denken, dass es sich lohnen könnte, es mit ihr zu versuchen. Leugne es, so viel du willst, aber du kannst mich nicht belügen.*

Verdammter Drache und sein Einmischen.

Aber dann erreichten sie den Haupteingang nach StoneRiver. Brad ignorierte sein Tier, um an der Gegensprechanlage und dem Tastenfeld anzuhalten, das einige Meter von den vier Meter hohen Metalltoren entfernt war. Während die Höhe für einen Drachenwandler, der darüber fliegen konnte, nichts bedeutete, halfen die Stacheln oben, menschliche Feinde oder Drachen-Groupies fernzuhalten.

Brad tippte den richtigen Code ein, und die Tore schwangen nach innen. Als er schließlich vor dem Hauptgebäude der Sicherheit anhielt, schickte er eine Textnachricht an David, um sich mit ihnen zu treffen, und informierte seinen Anführer auch über die weiteren Drohungen. Da er David bereits angerufen hatte, während die Polizei vorhin mit Tasha gesprochen hatte, wusste er größtenteils, was los war.

Eine Antwort kam sofort zurück, dass er bald da sein würde. Brad steckte sein Handy in die Tasche und drehte sich leicht zu Tasha.

Sie schlief immer noch. Er hatte keine Ahnung, ob sie eine tiefe Schläferin war oder ob sie ihm auf irgendeiner Ebene vertraute, sie zu beschützen.

Sein Drache sagte: *Ich denke, es ist Letzteres.*

Nicht bereit, seinem Drachen Hoffnung in Sachen wahre Gefährtin zu machen, streckte Brad die Hand aus und strich leicht über Tashas Arm. Sie bewegte sich ein wenig, wachte aber nicht auf.

Also berührte er mit einem Finger ihr Kinn und wagte es, ihre warme, weiche Haut zu streicheln.

Elektrizität raste seinen Arm hinauf und endete zwischen seinen Beinen. Verdammt, wenn schon das Berühren mit nur seinen Fingern so gefährlich war, musste er vorsichtig sein. Wenn sie jemals in ihn hineinrannte, könnte Brad ihr vielleicht nicht widerstehen.

Gut. Dann muss ich dafür sorgen, dass das passiert, erklärte sein Drache.

Er strich weiter über Tashas Wange, bis sie endlich ihre Augenlider öffnete. Selbst in der fast völligen Dunkelheit liebte er die tiefbraune Farbe ihrer Augen. Sie warf schließlich einen Blick aus dem Fenster — die Vorderseite des Sicherheitsgebäudes war beleuchtet, sodass ihr menschliches Sehvermögen es sehen konnte — und fragte dann: „Sind wir auf StoneRiver?"

„Ja. Komm jetzt. Mein Clanführer kommt, um uns zu treffen."

Sie rümpfte die Nase. „Kann ich nicht erst zur Toilette? Immerhin machen wilde Haare und getrockneter Sabber keinen besonders guten Eindruck, und ich sollte halbwegs vorzeigbar sein bei einem Drachenclanführer."

Seine Lippen zuckten. „Du siehst gut aus."

Sie hob eine Augenbraue. „Ich könnte mit Schlamm und Federn bedeckt sein, und ein Mann würde immer noch sagen, ich sehe gut aus. Sorry, aber deine Worte sind nicht besonders beruhigend."

Er lachte leise und zuckte fast zusammen. Er war nicht jemand, der leicht lachte, und diese Menschenfrau hatte ihn dazu gebracht.

Sein Drache flüsterte: *Gib ihr eine Chance.*

Nicht bereit, mit diesem Kommentar umzugehen, öffnete er seine Tür. „Komm schon. Je schneller wir mit David sprechen, desto eher können wir dir einen Schlafplatz für die Nacht finden."

Ohne auf ihre Antwort zu warten, stieg er aus dem Auto und stellte sich davor. Glücklicherweise folgte Tasha seinem Beispiel, und er führte sie ins Sicherheitsgebäude. Mit etwas Glück wäre er bald von der berauschenden Anwesenheit der

Menschenfrau befreit und könnte endlich einen klaren Kopf bekommen.

TASHA FOLGTE Brad in ein mehrstöckiges Gebäude, das sie in der fast völligen Dunkelheit nicht wirklich erkennen konnte. So viel dazu, das Land des Clans StoneRiver zum ersten Mal zu bestaunen. Ihre Neugier würde bis zum Morgen warten müssen.

Im Inneren des Gebäudes sahen die Flure aus wie viele andere Flure, die sie gesehen hatte – geflieste Böden und neutral gefärbte Wände, die sie nur als hellbraunartig beschreiben konnte. Es war nicht gerade das, was sie sich als ersten Eindruck von einem Drachenclan vorgestellt hatte. Es war fast … normal. Trotz all der Gerüchte und Geschichten über die Drachen könnten sie viel mehr wie Menschen sein, als die meisten glaubten.

Das Bedienen von Drachenwandlern in ihrer Bar hatte ihr definitiv die Augen dafür geöffnet, wie ähnlich sie in der Öffentlichkeit den Menschen waren. Aber sie hatte sich immer noch etwas Einzigartigeres vorgestellt, wenn es um ihr Heimatgebiet ging.

Brad führte sie in einen Raum – ein weiterer unscheinbarer Ort mit einem Tisch und Stühlen – und deutete auf einen der Sitze. Er sagte: „David wird bald hier sein. Setz dich, ich hole dir etwas Wasser."

Sie nickte, und Brad verließ den Raum. Tasha

tippte mit den Füßen, während sie wartete, und versuchte, ihre Gedanken nicht abschweifen zu lassen.

Immerhin könnte, nur vielleicht, eine hasserfüllte Gruppe, die darauf aus war, alle Drachen aus dem Land zu vertreiben, sie ins Visier genommen haben. Sie war vorerst sicher, aber das konnte sich jederzeit ändern. Besonders, wenn die Polizei am Ende Sympathisanten der Ligatypen war, die versucht hatten, sie zu erschießen.

Und so tough sie auch sein mochte, Tasha war nicht dumm. Sie würde die Liga nicht allein abwehren können, wenn sie tatsächlich außerhalb des Gesetzes agierten. Sie brauchte Hilfe, ganz einfach. Und nicht irgendeine Art von Hilfe, sondern von den Drachenwandlern.

Allerdings hatte sie keine Ahnung, wie – oder ob – die StoneRiver-Drachen bereit wären, ihr zu helfen. Und wenn sie es anboten, musste es einen Preis geben. Niemand würde so viel riskieren, ohne etwas dafür zu verlangen, zumindest ihrer Erfahrung nach.

Die Tür öffnete sich und zeigte Brads große, breitschultrige Gestalt. Sie bemerkte kaum, wie viel entspannter er hier wirkte als in ihrer Bar, als ein anderer Mann hinter ihm eintrat. Der Mann mit kurzem, schwarzem Haar, gebräunter Haut und abschätzenden braunen Augen war kein Fremder. Sie hatte ihn schon einmal getroffen – StoneRivers Clanführer, David Lee.

David lächelte sie an und setzte sich ihr gegenüber. Brad nahm den Platz neben ihr.

Bevor sie etwas sagen konnte, sprach David: „Es scheint, dass deine Freundlichkeit uns gegenüber spektakulär nach hinten losgegangen ist. Glaub mir, wenn ich sage, dass ich nie beabsichtigt habe, dass all das passiert."

Sie zuckte mit einer Schulter. „Ich weiß das. Man kann Arschlöcher und ihre Handlungen nicht kontrollieren."

David schnaubte. „Stimmt. Aber du hast deine Bar als Gefallen für mich und Ashley Swift geöffnet. Und auch ich nicht für Ashley sprechen kann, kann ich es für mich. Und jetzt, da du in Schwierigkeiten bist, stehst du unter meinem Schutz."

Sie runzelte die Stirn. „Aber nur solange ich hierbleibe. Du weißt genauso gut wie ich, dass Drachenwandler nicht dauerhaft in Reno bleiben können. Ich werde einfach ein paar menschliche Sicherheitsleute anheuern müssen."

Brad grunzte. „Das wird nicht reichen."

Sie hatte das Gefühl, dass er recht hatte. Aber aus irgendeinem Grund wollte sie ihm widersprechen. Fast so, als wenn sie es jetzt nicht täte, sie es später bereuen könnte. „Woher weißt du das? Die Liga besteht aus Menschen, also sollten andere Menschen sie stoppen können."

David meldete sich zu Wort. „Außer dass die Liga in den letzten Monaten Selbstaufopferung glorifiziert. Und das ist ein riesiges, verdammtes Problem für uns alle."

Sie widerstand dem Drang, bei der Aussage zu blinzeln. Es war das erste Mal, dass sie davon hörte. „Worum zum Teufel geht's?"

David seufzte. „Jemand versucht, den Hass auf Drachenwandler wieder anzufachen. Und ein todsicherer Weg, das zu tun, ist, sich selbst für die Sache zu opfern als eine Art verdammt mutiger, patriotischer Akt. Etwas wie die USA von Drachen zu säubern, wird die Menschen zu den Stärksten, Reichsten – oder füge ein, was du willst – der Welt machen. In ihrer Denkweise halten Drachenwandler sie nur zurück oder ziehen sie runter."

Sie blinzelte. „Wie zum Teufel halten Drachen Menschen zurück?"

David antwortete: „Tun sie nicht. Aber die meisten Ligamitglieder suchen jemanden, den sie für ihre Probleme, Schwierigkeiten oder was auch immer in ihrem Leben schiefgeht, verantwortlich machen können. Und so sind Drachen diese Ziele. Sie haben die Liga in Florida nicht ernst genug genommen, und jetzt ist es dort chaotisch. Ich hoffe, wir können verhindern, dass hier dasselbe passiert, aber ich arbeite noch daran, wie genau wir das anstellen."

Tasha sah von David zu Brad und wieder zurück. „Warum habe ich nichts davon gehört? Ich würde denken, dass eine verrückte Hassgruppe, die bereit ist, Selbstmord zu begehen, um Drachenwandler zu töten, in die Nachrichten käme."

David schüttelte den Kopf. „Das ADDA versucht, es unter Verschluss zu halten, ebenso wie die Behörden der menschlichen Städte in Florida. Ich bezweifle, dass selbst die anderen Tahoe-Clans wissen, was los ist."

Toll! Also anstatt eines kleinen Ärgernisses könnten die Liga-Idioten möglicherweise darauf aus sein, sich für die Sache zu opfern. In dem Fall wäre es nicht ausgeschlossen, dass sie ihre Bar niederbrannten oder einen Sprengsatz benutzten.

Tasha war es gewohnt, ein Problem zu isolieren, die beste Lösung zu finden und wieder auf die Beine zu kommen. Diesmal könnte sie diese Strategie jedoch nicht verfolgen. Der Tod war ziemlich endgültig, und keine noch so große Menge an Sicherheitsleuten konnte sie vor verrückten Leuten schützen.

Zum ersten Mal in ihrem Leben war Tasha froh, dass ihre Eltern nicht mehr lebten, denn wenn sie es täten, würden sie auch zu Zielen werden.

Tief durchatmend begegnete sie erneut Davids Blick. „Also, was sind meine Optionen?"

Er nickte. „Ich mag deine Besonnenheit, Tasha. Ich bin mir nicht sicher, ob viele Menschen so stark wären wie du."

Sie winkte abweisend mit der Hand. „Ich musste mehr Herausforderungen als viele andere meistern, um dahin zu kommen, wo ich bin. Das ist nichts Neues." Sie beugte sich vor. „Also halt mich nicht hin, David. Was kann getan werden?"

David antwortete: „Der einzige Weg, dich

wirklich zu schützen, ist, dich auf StoneRiver zu halten. Ich weiß, dass Clan PineRock auch Probleme mit der Liga hatte, dank Informationen von Ashley Swift. Wenn ich mich an sie wende, können wir zusammen vielleicht eine Lösung finden."

Sie runzelte die Stirn. „Aber ich kann nicht für immer auf StoneRiver bleiben. Ich habe ein Leben, meine Bar, mein Haus und meine Freunde."

David lächelte traurig. „Ich weiß, dass es nicht leicht sein wird, aber du wirst sie zumindest für eine Weile aufgeben müssen. Und es gibt eine Möglichkeit, wie du auf StoneRiver bleiben kannst, aber du musst offen dafür sein."

Okay, das klang nicht besonders vielversprechend. „Was ist es?", fragte sie langsam.

David zuckte mit den Schultern. „Du kannst einen Drachenwandler paaren. Irgendwann kannst du dich von ihm oder ihr scheiden lassen – ich kenne deine Vorlieben nicht –, aber die Paarung erlaubt es dir, hier so lange wie du willst legal zu bleiben."

Sie blinzelte und versuchte zu verarbeiten, was David gerade gesagt hatte. „Du willst, dass ich heirate, äh, einen Drachenwandler paare? Was wirst du tun, einfach irgendeinen armen Kerl zufällig auswählen?"

Brad grunzte. „Das wäre ich."

Sie drehte ihren Kopf ruckartig zu ihm. Ihr üblicher Filter war vergessen. „Aber du kannst mich nicht ausstehen."

Er räusperte sich. „Das ist nicht ganz wahr."

Mit dem Gefühl, als hätte sie den Boden unter den Füßen verloren, blickte sie zu David und wieder zu Brad. Wenn sie echte Antworten bekommen wollte, musste sie direkt sein. „Aber du gehst mir immer so schnell wie möglich aus dem Weg, murmelst kaum einen Satz am Tag zu mir und starrst mich immer an."

„Dafür gibt's einen Grund."

Sie starrte ihn unverwandt an. „Und der wäre?"

Zum ersten Mal wirkte Brad, als fühle er sich unbehaglich, als er auf seinem Sitz herumrutschte.

Es schien, als wäre ihr normalerweise unerschütterlicher Teilzeit-Sicherheitsmann nicht so emotionslos, wie er sich normalerweise präsentierte.

Davids Stimme erfüllte den Raum. „Entweder sag es ihr, Brad, oder ich tue es. Sie verdient es, es zu wissen, bevor sie sich zu etwas verpflichtet."

Okay, Davids Worte machten Tasha etwas misstrauisch gegenüber Brads Geheimnis.

Trotzdem würde sie es nicht beiseiteschieben oder Angst vor der Wahrheit haben. „Sag es mir, Brad. Was auch immer es ist, ich bin sicher, ich kann damit umgehen. Ich meine, jemand hat vor ein paar Stunden versucht, mich zu erschießen. Es kann kaum schlimmer sein."

Er setzte sich aufrecht und räusperte sich. „Nun, das hängt davon ab, wie man es betrachtet. Du bist meine wahre Gefährtin, Tasha. Deshalb habe ich Abstand gehalten."

„Wahre Gefährtin?", wiederholte sie, während

sie versuchte, sich an alles zu erinnern, was sie über den Begriff wusste. „Ist das nicht so etwas wie ein Schicksalsbraut-Szenario oder so?"

Brad nickte. „Ja, mein innerer Drache erkennt dich als unsere beste Chance auf Glück."

Okay, das war noch fantastischer, als sie es sich vorgestellt hatte. Besonders, da Tasha überhaupt nicht an Schicksal glaubte. Dennoch, wenn Brad daran glaubte, war er verdammt gut darin gewesen, es geheim zu halten. Sie platzte heraus: „Warum hast du dann so sehr versucht, mir aus dem Weg zu gehen?"

Er murmelte: „Es ist kompliziert."

Tasha verdrehte die Augen. „Komplizierter, als Ziel einer Art inländischer Terroristengruppe zu sein? Einer, möchte ich hinzufügen, die verdammt nah dran ist, dich zu töten?"

Brad grunzte. „Vielleicht."

Sie knurrte frustriert. „Für etwas so Wichtiges bleibst du bei einer Nicht-Antwort?"

David sprang ein, bevor Brad antworten konnte. „Es ist spät, und wir sollten uns alle ausruhen, bevor wir dieses Gespräch morgen fortsetzen. Das ADDA wird nicht bemerken, dass du einen Tag hierbleibst — du könntest nach einem neuen Teilzeit-Sicherheitsmann suchen, soweit sie wissen —, was uns Zeit gibt, das alles zu klären."

Sie runzelte die Stirn. „Du sagst das, als wäre entschieden, dass ich hierbleibe."

„Es gibt wirklich keine andere Wahl, Tasha. Nimm dir die Nacht, um darüber nachzudenken, und dann reden wir weiter." David stand auf. „Brads Schwester hat ein Extrazimmer, und du kannst dort bleiben. Megan ist viel freundlicher als ihr Bruder, also keine Sorge um einen warmen Empfang."

Wenn sie hätte raten müssen, war es Davids Absicht, seine Schwester zu benutzen, damit Tasha sich an Brad gewöhnte. Aber er wusste nicht, dass sie die Entscheidung, ihn zu heiraten – oder wie auch immer die Drachen das nannten – nicht als ihre einzige Option betrachten würde, bis sie ein ehrliches Gespräch mit Brad hatte.

Sie stand auf. „Okay, dann lass uns gehen, damit ich schlafen kann. Aber ich hoffe, wir können unterwegs etwas zu essen auftreiben, da ich noch nichts gegessen habe."

Brads tiefe Stimme kam von hinter ihr. „Ich werde sicherstellen, dass du etwas zu essen bekommst. Komm."

„Ich sehe dich morgen früh, Tasha", sagte David. „Gute Nacht."

Etwas an seinem Tonfall sagte ihr, dass es keinen Sinn hatte zu diskutieren. Alles musste bis zum Morgen warten.

Und sie hatte das Gefühl, gehorchen zu müssen, was seltsam war. Es musste noch mehr Drachenwandler-Magie sein, sozusagen.

Also folgte sie Brad lediglich aus dem Raum und den gleichen Korridor hinunter. Erst als sie draußen waren, blieb sie stehen. Als Brad sich schließlich zu ihr umdrehte, sagte sie: „Ich kann nicht bis morgen warten, um deine Antwort zu hören, Brad. Warum hast du verdammt nochmal alles getan, um mich denken zu lassen, du hasst mich?"

Während sie zusah, wie seine Pupillen im schwachen Licht blitzten, fragte sie sich, was sein innerer Drache sagte.

Aber da sie keine Gedanken lesen konnte, wartete Tasha darauf, dass der Mann antwortete.

BRAD WUSSTE, dass er auf Tashas Frage hätte vorbereitet sein sollen. Seit er David im Flur getroffen und sein Clanführer erwähnt hatte, dass die Paarung mit Tasha der beste Weg war, hatte er gefürchtet, alles erklären zu müssen.

Und jetzt war sie hier, seine Schicksalsgefährtin, und wollte Antworten.

Sein Drache schnaubte. *Das liegt daran, dass sogar du erkennst, wie dumm deine Gründe klingen.*

Nicht ganz wahr. Ich erzähle den meisten Menschen nicht alles über mich.

Aber sie ist unsere wahre Gefährtin, eine, die wir offiziell paaren werden. Sie sollte die Wahrheit wissen.

Brad hatte nicht die Kraft zu argumentieren, dass Tasha einer Paarung noch nicht zugestimmt hatte.

Stattdessen musterte er die Menschenfrau im schwachen Licht, und sein Drachenwandler-Sehvermögen erlaubte ihm, sie so klar wie bei hellem Tageslicht zu sehen.

Ihre Brauen waren leicht zusammengezogen, während sie ihn anstarrte. Obwohl er so viel größer und stärker war und sich in einen mächtigen Drachen verwandeln konnte, zeigte sie nicht die geringste Angst. Vielleicht hatte sie ein wenig Angst, aber wenn, konnte er es nicht erkennen.

Für eine Menschenfrau war sie unglaublich stark.

Was ihn, verdammt nochmal, dazu brachte, ihr mehr zu erzählen, als er sollte.

Brad antwortete schließlich: „Der Grund, warum ich immer versucht habe, dich abzuweisen, ist, dass es kompliziert wird, wenn Menschen und Drachenwandler sich aufeinander einlassen. Zumindest das solltest du von dem wissen, was mit Ashley und Wes Dalton passiert ist."

Wes war der Clanführer von PineRock, einem anderen Drachenclan im Großraum Tahoe. Brad kannte ihn nicht gut, aber die beiden Clans waren seit Langem keine wirklichen Feinde mehr. Und dass er nicht angriff oder StoneRiver bedrohte machte den Drachenführer in seinen Augen einigermaßen okay.

Tasha nickte. „Ja, ich weiß das, aber nicht nur von dem, was mit Wes und Ashley passiert ist. Denk dran, wenn ein Lokal seine Türen für Drachen öffnet, müssen wir eine Reihe von Gesetzen auswendig lernen und einen Test ablegen."

Er knurrte: „Die Gesetze sind das verdammte Problem."

Sie neigte den Kopf. „Obwohl ich diesen

Standpunkt nachvollziehen kann, denke ich, dass da mehr dran ist. Etwas, das du mir nicht erzählst."

Sein Drache richtete sich in seinem Geist hoch auf. *Sie ist wirklich aufmerksam.*

Bist du überrascht? Nichts passiert in ihrer Bar, ohne dass sie es weiß.

Brad hätte es abtun und ihr sagen können, sie solle bis morgen warten, wie David vorgeschlagen hatte.

Aber jetzt, da sein Schicksal fast sicher mit ihrem verbunden war – Tasha war klug und würde erkennen, dass die Paarung mit ihm der einzige Weg war, wie StoneRiver sie in absehbarer Zukunft schützen konnte –, entschied Brad: Scheiß drauf. Er würde ehrlich sein und sehen, wie sie reagierte. „Menschen machen Ärger. Einer hat mir meine Ex gestohlen. Sie sind mitten in der Nacht weggelaufen, und ich habe keine Ahnung, was mit ihr passiert ist. Sie könnte verdammt nochmal gestorben sein, soweit wir wissen. Sie hätte warten und zumindest den Clanführer konsultieren sollen. Aber nein, hat sie nicht. Und ich bin sicher, der Mensch war der Grund, warum sie es nicht getan hat."

Und da war seine Wahrheit. Er war natürlich verletzt gewesen durch ihren Verrat. Aber die Tage, Wochen und Monate des Grübelns, ob Amber noch lebte oder nicht, waren der schlimmste Teil gewesen.

Zweifellos hatte der Mensch sie überredet, wegzulaufen. Und ein Drachenwandler auf der

Flucht wurde zum Ziel von ADDA, der Liga und möglicherweise rivalisierender Clans. Die vier Tahoe-Clans waren nicht gerade befreundet, aber sie kümmerten sich zumindest jeder um ihren eigenen verdammten Kram und hielten sich aus Schwierigkeiten raus.

In einigen Teilen des Landes galt ein fremder Drachenwandler, der ihr Gebiet betrat, jedoch als Feind Nummer eins. Zwar war Mord gegen das Gesetz, aber einige Drachenclans taten hinterrücks eine Menge Dinge, ohne sich um moderne Gesetze zu kümmern.

Sein Drache sagte leise: *Amber hätte all das gewusst und wäre trotzdem das Risiko eingegangen. Vielleicht gab es einen Grund, warum sie weggelaufen ist, wir wissen es nicht.*

Tashas Stimme unterbrach Brads Antwort an seinen Drachen. „Ashley sagt mir ständig, ich solle meine Meinung nicht auf die Handlungen eines einzelnen Drachenwandlers stützen. Klar, die Mistkerle landen in den Nachrichten und lassen dann jeden denken, ihr wärt alle Mörder oder Diebe oder ‚füge hier beliebigen Verbrechertyp ein'. Aber das funktioniert in beide Richtungen, Brad. Vielleicht hat dieser Menschenkerl, mit dem deine Ex durchgebrannt ist, eine vorschnelle Entscheidung getroffen oder war überzeugend. Es könnte aber auch eine gemeinsame Entscheidung gewesen sein. Egal, deine Meinung über alle Menschen darauf zu basieren, dass einer deine Freundin gestohlen hat, ist meiner Meinung nach ein bisschen dumm."

Er blinzelte. „Hast du mich gerade dumm genannt?"

Sie nickte. „Ein bisschen, ja. Oh, du bist wirklich gut darin, Unruhestifter zu erkennen oder Leute zu bemerken, die kurz davor sind, sich wie Idioten in der Bar zu benehmen. Ich hatte noch nie einen Sicherheitsmann, der so gut ist wie du. Aber in diesem einen Fall, was deine Meinung über Menschen angeht? Ja, du bist ein Idiot."

Sein Drache lachte. *Ich mag sie noch mehr, wenn das überhaupt möglich ist.*

Wenn man bedenkt, dass sie unsere wahre Gefährtin ist, glaube ich nicht.

Aber eins musste er Tasha lassen: Sie hatte recht. Tief drinnen wusste er, dass sie recht hatte. Es zuzugeben war jedoch nicht das Einfachste. Besonders, da dieser Glaube ihn in den Monaten nach Ambers Weggang zusammengehalten hatte, indem er ihm jemanden gab, den er für seinen Verlust hassen konnte.

Sein Drache meldete sich. *Es ist jetzt lange her. Vielleicht solltest du aufgeschlossener sein. Trotz der Risiken hat Tasha ihre Bar für unsere Art geöffnet. Sie hat wenigstens eine Chance verdient.*

Nicht bereit, seinem Tier zu antworten, grunzte Brad. „Vielleicht bin ich voreingenommen. Aber es ist viel mehr als meine Vergangenheit, die mich dazu gebracht hat, dir auszuweichen, Tasha. Dass mein Drache dich als meine wahre Gefährtin bemerkt, macht alles kompliziert. Stell dir vor, du wirst ständig zu jemandem hingezogen, trotz dem, was du fühlst. Und wenn du denjenigen dann versehentlich küsst, löst es einen Sex-Marathon aus, der erst mit einer Schwangerschaft endet. Also hatte ich mehr als einen Grund, vorsichtig zu sein. Ich habe uns beide geschützt."

Sie hob die Augenbrauen. „Welches Jahrhundert ist das? Ich kann meine eigenen Entscheidungen treffen, Brad Harper, und habe das auch getan. Hast du nie daran gedacht, das mit mir zu teilen und zu sehen, was ich dazu sage?"

Sein Drache murmelte: *Ich habe das die ganze verdammte Zeit vorgeschlagen.*

Sein Tier ignorierend, antwortete er: „Wenn ich dir die Wahrheit gesagt hätte, was dann? Hättest du sofort alles aufgegeben, um zu einem Drachenclan zu ziehen? Einen Drachenwandler zu paaren bedeutet, bei ihm in seinem Clan zu leben. Daran gibt's in den USA kein Vorbeikommen. Und trotzdem, was du von mir denken magst, weiß ich, wie viel dir deine Bar bedeutet. Es ist schwer genug, ein eigenes Geschäft zu eröffnen, aber dann auch noch profitabel zu sein und es zu bleiben? Das ist eine verdammt große Sache."

Ihre zusammengezogenen Brauen entspannten sich ein wenig. „Natürlich ist sie mir wichtig. Und wer weiß, wie ich reagiert hätte. Aber du hättest es mir trotzdem sagen sollen, besonders angesichts der Möglichkeit eines Sex-Marathons."

Während Tasha in der fast völligen Dunkelheit stand, der leichte Wind ihr Haar zur Seite wehte, ihre Augen stark und entschlossen, vergaß er für eine Sekunde seine Vergangenheit. Tasha Jenkins war verdammt schön, stark und würde niemals vor irgendjemandem zurückweichen.

Sie hatte das Herz einer Kriegerin, oder besser gesagt, einer Drachenwandlerin.

Sein Drache meldete sich. *Und sie könnte mehr als nur eine Scheinehe für uns sein. Wenn du versuchen würdest, sie zu gewinnen, wenigstens ein bisschen.*

Brad hatte so viel Zeit damit verbracht, der Menschenfrau auszuweichen, weil er nicht seine frühere Liebe verraten wollte. Er war schließlich ein Beschützer und versuchte, so ehrenhaft, stark und loyal zu sein, wie er sein sollte.

Vielleicht hatte er seine Loyalität zu seiner früheren Liebe, Amber, jedoch zu weit getrieben und sie stattdessen als Schutzschild benutzt.

Sein Tier schnaubte. *Und jetzt schau, wer ganz weich und poetisch wird.*

Er räusperte sich. „Also, jetzt kennst du die Wahrheit. Was wirst du tun?"

Tasha zuckte mit den Schultern. „Das weiß ich noch nicht genau. Während unser kleines Gespräch mir geholfen hat, dich besser zu verstehen, bin ich mir nicht sicher, ob ein Gespräch mich überzeugen wird, mein ganzes Leben aufzugeben."

Er wollte sie zwingen zu bleiben, damit er sie schützen konnte. Aber er unterdrückte seine Impulse und sagte: „Ich hasse es, das zu sagen, aber wenn du Davids Plan nicht zustimmst, könntest du es trotzdem tun. Und möglicherweise dauerhafter."

Sie zuckte nicht einmal mit der Wimper bei seinem Hinweis darauf, getötet zu werden. „Vielleicht. Aber ich brauche etwas Zeit zum Nachdenken. Wo ist das Haus deiner Schwester? Wir können morgen weiterreden, sobald ich ein paar Dinge geklärt habe."

Vor zehn Minuten hätte Brad die Chance ergriffen, sie loszuwerden.

Und jetzt?

Nun, jetzt war er ganz verwirrt, was er mit seiner Schicksalsgefährtin tun sollte.

Sein Drache meldete sich. *Eine Nacht getrennt zu verbringen, wird beiden Seiten helfen.*

Und jetzt bist du der Rationale?

Informationen sind mächtig, und sie könnten ausreichen, um sie zu überzeugen. Also ja, ich kann ein paar Stunden warten, um mehr mit ihr zu reden, besonders angesichts dessen, dass du ihr monatelang so viel wie möglich ausgewichen bist.

Verdammter Drache, der ihm mit seinen Stimmungen ein Schleudertrauma verpasste.

Mit einem Grunzen deutete Brad nach rechts. „Hier entlang. Ich bin sicher, David hat Megan angerufen, also sollte sie wach und bereit für uns sein."

Und viel schneller, als ihm lieb war, übergab Brad Tashas Betreuung seiner Schwester und ging zu seinem eigenen Haus. Es würde eine verdammt lange Nacht werden, das stand fest. Besonders, da er sich nicht ganz sicher war, was er mit Tasha tun wollte.

Sein Tier flüsterte: *Oh, du weißt es. Aber ich gebe dir die Nacht, um es selbst zu erkennen.*

Damit rollte sich sein Drache in seinem Geist zusammen und schlief ein. Und Brad verbrachte die nächsten paar Stunden damit, sich ein Leben mit oder ohne Tasha vorzustellen, um alles zu klären.

Kapitel Drei

A m nächsten Morgen, als Tasha gegenüber der blassen, blauäugigen Gestalt von Megan Lee saß, nippte sie an ihrem Kaffee und beobachtete die Aktivität in der Küche.

Megans Gefährte, Justin Lee, half dabei, ihr jüngstes Kind zu füttern. Während der Mann nett genug wirkte, hatte Tasha nicht lange gebraucht, um zu erfahren, dass er Davids Cousin war. Also war ihr Aufenthalt bei Megan keine spontane Entscheidung. Nein, sie wohnte nicht nur bei Brads Schwester, sondern auch bei einer weiteren Person, die eng mit der Sicherheit des Clans verbunden war.

Nicht, dass sie von einem der beiden irgendeine Art von seltsamen Vibes bekommen hätte. Justin war streng mit den Kindern, wenn es nötig war, aber verwöhnte sie offensichtlich, während er beim Servieren des Frühstücks half.

Megan war sowohl freundlich als auch

gesprächig, aber Tasha vermutete, dass der Frau nichts entging, was in ihrem Haus passierte.

Immerhin war Tasha selbst genauso aufmerksam, und es brauchte oft eine aufmerksame Person, um eine andere zu erkennen.

Während Tasha an ihrem Kaffee nippte, sagte Megan: „Ich habe den ganzen Morgen um den heißen Brei herumgeredet. Also sag mir – was wirst du tun?"

Justin schüttelte den Kopf. „Kann sie nicht in Ruhe essen?"

Megan tadelte: „Das ist keine unvernünftige Frage, die ich da stelle. Besser, sie findet jetzt die Antwort, als wenn sie mit David spricht, oder?"

Tasha räusperte sich, und alle Augen – einschließlich der der drei Kinder im Alter von fünf und darunter – richteten sich auf sie. Tasha stellte ihren Becher ab und fragte: „Funktioniert das so bei Drachenclans? Jeder entscheidet oder versucht, jemanden davon zu überzeugen, was das Beste für alle anderen ist, ohne sie zu fragen?"

Justin grinste. „Nun, ich kann nicht für alle Clans sprechen, aber hier funktioniert es so."

Toll! Also würde jeder immer in ihren Angelegenheiten herumschnüffeln.

Vielleicht würde es ihr nichts ausmachen, wenn sie sie besser kennen würde. Aber sie musste immer supervorsichtig sein, irgendwelche persönlichen Informationen zu teilen, wenn sie in der Bar arbeitete. Immerhin wollte sie nicht, dass ein betrunkener Typ vor ihrem Fenster auftauchte und ihr ein Ständchen brachte. Oder schlimmer, jemand versuchte, in ihr Haus einzubrechen und wer weiß was zu tun.

Megan sprach, bevor Tasha etwas sagen konnte. „Aber es ist nicht alles schlecht hier. Manche Leute schaffen es, sich zurückzuhalten. Immerhin ist mein Bruder eine extrem diskrete Person für StoneRiver. Aber selbst, wenn er nicht darüber spricht, kann ich sehen, dass er immer noch über diese Frau grübelt, die ihn verlassen hat."

„Megan", sagte Justin langsam als Warnung. Das Paar führte eine Art stumme Unterhaltung, die nur durch den Fünfjährigen unterbrochen wurde, der von seinem Stuhl glitt und zu Tasha rannte. Er pikte ihren Arm und lächelte. „Du bist hübsch. Willst du meine Gefährtin sein?"

Bei den süßen braunen Augen und dem schüchternen Lächeln des kleinen Jungen fühlte Tasha etwas in ihrem Herzen. Sie berührte seine Schulter, und er sah wieder zu ihr auf. „Ich glaube, ich bin zu alt für dich, Andy. Aber eines Tages wirst du deine eigene Gefährtin finden."

Andrew seufzte und ließ den Kopf hängen. „Okay."

Die totale Niedergeschlagenheit des kleinen Jungen tat etwas mit Tashas Herz. Sie berührte seine Schulter, und er sah wieder zu ihr auf. „Wir können aber Freunde sein. Ist das okay?"

Und einfach so leuchteten seine Augen auf. „Mein erster Menschenfreund."

Seine Worte erinnerten Tasha an etwas, das sie

Megan fragen wollte. Doch zuerst wuschelte sie durch das braune Haar des Jungen und antwortete: „Genau. Ich werde gerne dein erster Menschenfreund sein. Warum beendest du nicht dein Frühstück? Ich muss mit deiner Mama reden."

Megan sagte sanft, aber bestimmt: „Sie hat recht, Andy. Iss dein Obst, wie du es versprochen hast. Und kein Verstecken unter dem Tisch wie gestern."

„Okay, Mama", sagte Andrew dramatisch und trottete zur anderen Seite des Tisches, wobei er so lange wie möglich brauchte, um dorthin zu gelangen.

Es kostete sie alles, nicht über die Theatralik zu lachen.

Sie hatte seit Jahren nicht viel Zeit mit Kindern verbracht, aber Megans und Justins Kinder schienen eine gute Gruppe zu sein, um sich wieder an sie zu gewöhnen.

Obwohl der Anblick von zwei Drachenwandlern, die mit ihren drei Kindern frühstückten, sie sich fragen ließ, ob es so mit ihrer eigenen Familie sein würde. Vorausgesetzt, sie stimmte der Paarung mit Brad zu, natürlich. Und wenn es gut lief, dann der Sache mit dem Sex-Marathon, der angeblich ein Baby am Ende garantierte.

Tasha hatte nicht viel Zeit damit verbracht, darüber nachzudenken, was sie im Bereich Beziehungen und Familie wollte. Ihre Bar war alles gewesen.

Aber jetzt hatte sie kaum eine andere Wahl, als sich zu fragen, was sie wirklich wollte. Von einer verrückten Terroristengruppe ins Visier genommen zu werden, rückte die Dinge irgendwie in eine andere Perspektive. Wollte sie ihre Bar aufgeben? Natürlich nicht. Aber vielleicht wollte sie jetzt mehr in ihrem Leben, zusätzlich zum Besitz eines erfolgreichen Geschäfts.

Megans Stimme holte Tasha zurück in die Gegenwart. „Worüber wolltest du mit mir sprechen?"

Sie sah zurück in Megans lächelndes Gesicht. Tashas Bauchgefühl sagte ihr, dass die Frau eine gute Verbündete sein könnte, wenn sie auf StoneRiver blieb.

Obwohl das immer noch ein großes Wenn war, was das Bleiben anging. „Gibt es andere Menschen, die auf StoneRiver leben? Brad war nie besonders gesprächig, und er ist der einzige Drachenwandler, den ich wirklich länger als ein oder zwei Stunden hier und da kenne. Drachenkunden neigen dazu, ihr Clanleben ziemlich geheim zu halten."

Megan antwortete: „Ja, das kann ich mir vorstellen. Immerhin ist die Liga der Grund, warum du hier bist, oder? Wir müssen uns ständig um sie und ihresgleichen sorgen." Tasha nickte – das tägliche Leben der Drachenwandler wurde ihr immer realer –, und Megan fuhr fort: „Aber nein, im Moment gibt es keine anderen Menschen. Clan PineRock hat mindestens drei Menschen, die bei ihnen leben, obwohl es Gerüchte gibt, dass

irgendein Geschwisterkind des Menschenmannes –
wie hieß er noch? Oh, richtig, Ryan Ford – auch
dort hinziehen will."

Da Tasha keinen Überblick über
irgendwelche Drachengefährten hatte – es war
ja nicht so, dass viele ihrer Kunden sie ihr in
der Bar vorgestellt hätten –, hatte sie keine
Ahnung, von wem Megan sprach. Daher
konzentrierte sie sich stattdessen auf StoneRiver.
„Also wäre ich dann die einzige Menschenfrau,
die hier lebt."

Megan lächelte traurig und sagte: „Ja,
zumindest im Moment. Obwohl jetzt, da Ashley
einen Drachenwandler gepaart hat – was ihr noch
mehr Grund gibt, darauf zu drängen, Menschen
und Drachen einander paaren zu lassen, wenn sie es
wollen – vermute ich, dass sich das bald ändern
wird."

Es schien, als würde jeder Ashley Swift kennen.
Tasha musste sie wirklich so schnell wie möglich
kontaktieren und um Rat fragen. Sie war letzte
Nacht zu müde gewesen, um anzurufen, und sie
würde sie nicht im Morgengrauen anrufen.

Während Tasha darüber nachdachte, dass sie
die einzige Menschenfrau wäre, umgeben von
Drachenwandlern, hallte die Türklingel durch das
Haus. Megan ging, um zu öffnen, und kam mit
ihrem Bruder direkt hinter sich zurück.

Brad fand ihren Blick und grunzte: „Guten
Morgen."

Die Worte waren einfach, aber als sie seinem

blauäugigen Blick standhielt, raste ein kleines Kribbeln durch ihren Körper.

Sie hatte sich letzte Nacht erlaubt, Brad als mehr als nur ihren Angestellten zu sehen. Und als Folge waren die ein oder zwei Stunden Schlaf, die sie endlich ergattert hatte, voller Fantasien gewesen, wie etwa, dass er sie langsam auszog, bevor er sie küsste. Da sie nicht wusste, was ein Gefährtenrausch bedeutete – sie hatte den tatsächlichen Namen des Sex-Marathons erfahren –, waren ihre Träume auch voller heißem, oft rauem Sex gewesen.

Hatte er in der Nacht dasselbe geträumt? Oder hatte sein Hass auf Menschen im Vordergrund gestanden?

Brads Pupillen blitzten wiederholt, aber er schaute nicht weg.

Und sie auch nicht.

Auf dem Weg zum Haus seiner Schwester hatte Brad es geschafft, seine Emotionen wie gewohnt wegzupacken, um sich darauf vorzubereiten, Tasha und ihren faszinierenden Augen gegenüberzutreten.

Aber dann hatte sie ihn angestarrt, als könnte sie ihn von Kopf bis Fuß ablecken und immer noch nicht genug bekommen, und zerschlug damit die meiste seiner harten Arbeit.

Als ob ihr heißer Blick nicht genug gewesen wäre, würde er den Duft der Erregung seiner wahren Gefährtin nie vergessen. Sie sah ihn jetzt als mehr als nur ihren Sicherheitsmann. Was bedeutete, dass sich zwischen gestern Abend und diesem Morgen ihre Sicht auf ihn verändert hatte.

Sein Drache seufzte. *Was die meisten Drachenwandler als Zeichen nehmen würden, um sie zu verfolgen. Aber du wirst immer noch widerstehen, oder? Weil ihr Duft nicht nur eine einmalige Erinnerung sein muss.*

Während Brad nicht mehr direkt mit seinem Tier über Tasha stritt, war seine menschliche Hälfte immer noch nicht davon überzeugt, dass die Paarung mit der Menschenfrau – und eine echte Paarung daraus zu machen – eine gute Idee war. *Erinnere dich an unsere Abmachung.*

Ich weiß, ich weiß. Ich muss dir etwas Zeit lassen, um mit ihr zu sprechen und dann mit David, bevor ich dich wieder nerve.

Die Stimme seiner Schwester riss Brad aus dem Moment. „Nun, schön zu sehen, dass deine Manieren so schlecht wie immer sind, Brad."

Da er wusste, dass Megan ihn wie jede kleine Schwester nerven würde, wenn er ihren Kommentar nicht überging, grunzte er lediglich.

Sein ältester Neffe, Andrew, stand auf seinem Sitz, die Gabel in der Luft. Die Blaubeere an einer der Gabelzinken drohte dabei fast abzufallen. „Hallo, Onkel Brad. Ich esse mein Obst. Dann krieg ich eine Umarmung."

Seine zwei Neffen und seine Nichte waren seine Schwäche, wenn er stoisch bleiben sollte. Er lächelte Andrew leicht an. „Obst ist gut für dich. Wenn du nicht genug isst, können deine Zähne ausfallen."

Andrew stocherte an einem seiner kleinen Vorderzähne herum. „Ausfallen?"

„Ja. Es gibt gute Stoffe in Obst und anderen Lebensmitteln, die helfen, sie stark und in deinem Mund zu halten."

Tashas amüsierte Stimme antwortete: „Die Kinder über Skorbut aufzuklären ist bewundernswert, wenn auch ein bisschen seltsam."

Andrew fragte: „Was ist Skor-but?"

Er deutete auf Tasha, damit sie es erklärte. Seine Menschenfrau zuckte nicht mit der Wimper und drehte sich zu dem Jungen. „Skorbut. Wenn du nicht genug von etwas bekommst, das Vitamin C heißt, können deine Zähne ausfallen." Sie senkte ihre Stimme. „Obwohl die meisten heutzutage klarkommen. Vor vielen, vielen Jahren hatten die Leute nicht genug Obst und Gemüse und mussten sich darum sorgen. Also iss dein Obst und Gemüse – und putz dir auch die Zähne –, und deine Zähne sollten okay sein."

Andrew kniff die Augen bei der Blaubeere auf seiner Gabel zusammen. „Alle essen?"

Tasha nickte. „So viele wie du kannst. Na ja, die Teile, die deine Mama und dein Papa dir zu den Mahlzeiten geben, jedenfalls. Wenn du alles Obst und Gemüse der Welt essen würdest, könntest du platzen. Du weißt schon, BUMM!"

Tasha warf die Hände auseinander, und Andrew kicherte.

In diesem Moment erkannte Brad, dass Tasha eine großartige Mutter sein würde.

Also war sie nicht nur geschäftstüchtig und verdammt sexy, sie konnte auch gut mit Kindern umgehen.

Für die meisten Drachenwandler wäre das genug – sie würden ihr verdammt Bestes tun, um so eine Person zu gewinnen.

Brad war jedoch nicht wie die meisten. Er war mit allem, was er hatte, in eine Beziehung gesprungen und dann ohne mehr als ein paar Worte auf einem Zettel verlassen worden.

Sein Drache seufzte. *Du hast einige ernsthafte Probleme.*

Sein Tier ignorierend, sprang Brad in die kurze Gesprächspause ein. „Hast du fertig gegessen, Tasha? David sollte auf uns warten."

Sie nickte und stand auf. „Bin ich, wenn Megan und Justin nichts dagegen haben, ohne mich aufzuräumen."

Megan machte eine scheuchende Bewegung mit den Händen. „Geh, geh. Ich gebe dir einen Freifahrtschein. Obwohl ich beim nächsten Mal vielleicht nicht so großzügig bin."

Brad verdrehte die Augen. „Du könntest versuchen, netter zu dem ersten menschlichen Gast zu sein, den StoneRiver seit geraumer Zeit hat."

Megan zuckte mit den Schultern. „Hey, ich hasse es, Geschirr zu spülen, also verklag mich."

Tasha schnaubte. „Versuch's mal mit einer Bar. Es ist nicht so schlimm wie, sagen wir, ein Restaurant. Aber es gibt immer noch jede Menge

Geschirr, und manchmal muss ich es selbst machen, wenn sich jemand krankmeldet."

Andrew fragte: „Was ist eine Bar?"

Brad sprang ein. „Frag deine Eltern."

Er wagte es, eine Hand an Tashas Rücken zu legen, und konnte kaum einen Atemzug unterdrücken. Selbst durch den dünnen Stoff ihres Shirts – ein anderes als am Abend zuvor, was bedeutete, dass sie es sich von seiner Schwester geliehen haben musste – konnte er die Wärme ihres Körpers spüren.

Er konnte sich nur vorstellen, wie es sich anfühlen würde, wenn sie Haut an Haut wären.

Sein Drache summte. *Ja, ja. Wir sollten sehen, wie es ist. Und dann würdest du sie nie loslassen.*

Nicht bereit, sich das vorzustellen, konzentrierte er sich stattdessen auf Tasha. „Komm."

Vorsichtig führte er sie zur Haustür, und er hörte Andrews Stimme. „Ich mag Tasha. Kommt sie bald wieder?"

Als seine Schwester eine unverbindliche Antwort gab, war Brad dankbar, dass menschliches Gehör Andrews Worte nicht aufgenommen haben konnte.

Denn die Antwort hing genauso von Brad ab wie von Tasha.

Und er fing an zu überlegen, ob er ihr nicht doch eine Chance geben und sehen sollte, wie es lief. Vorausgesetzt, natürlich, dass Tasha auf StoneRiver bleiben wollte.

Sein Drache murmelte: *Dann versuch ein bisschen mehr, sie zu überzeugen.*

Wir werden sehen, Drache. Niemand kann sie zwingen, nach StoneRiver zu ziehen. Wenn sie dazu Ja sagt, werde ich sie nicht ignorieren. Aber wenn du denkst, ich fange an, ihr Blumen zu schenken und romantische Abendessen zu machen, dann bist du eindeutig verrückt.

Sein Tier schnaubte. *Wir werden sehen. Ich habe das Gefühl, dass jemand wie Tasha Respekt und Liebe will statt leerer Gesten. Obwohl ein paar Schokoladen hier und da noch nie jemandem geschadet haben.*

Er grunzte mental seinem Drachen zu und konzentrierte sich darauf, Tasha so schnell wie möglich zu Davids Haus zu bringen.

Was einfacher war, als er erwartet hatte, da sie die ganze Zeit ungewöhnlich still blieb.

Und er hatte keine Ahnung, was das bedeutete.

Kapitel Vier

Nach Monaten, in denen sie Brad kaum Beachtung geschenkt hatte, konnte Tasha nicht aufhören, darüber nachzudenken, wie nah er neben ihr in Davids Büro saß. Er war, was, zwanzig Zentimeter von ihr entfernt? Und doch hätte er genauso gut direkt an sie gepresst sitzen können, so viel Wärme strahlte er aus.

Er roch auch gut, eine Mischung aus Mann und Kiefer, fast so, als wäre er kürzlich durch den nahegelegenen Wald gerannt und hätte sich nicht die Mühe gemacht, die Kleidung zu wechseln.

Sie versuchte, sich an die äußerste Seite ihres Stuhls zu schieben, um den Kopf klar zu bekommen. Ihre verdammten Träume von ihm, nackt und über ihr stehend, blitzten in ihrem Geist auf. Sein intensiver Blick und sein gieriger Ausdruck machten sie heiß und feucht, und sie sehnte sich nach ihm auf eine Weise, wie sie es noch nie zuvor getan hatte.

Verdammte Träume, die ihr klarmachten, dass der Drachenmann sexy war.

Nicht, dass ihre Anziehung ausreichte, um über ihr ganzes Leben zu entscheiden. Dennoch machte es die Option, auf StoneRiver zu bleiben, ansprechender.

Und es sah so aus, als müsste sie bleiben, zumindest vorerst. Sie hatte keine andere Lösung gefunden. Allerdings hatte sie eine Bedingung, die sie David zuerst mitteilen wollte. Also, nach den Höflichkeiten und seiner Frage, was sie tun würde, setzte Tasha sich aufrechter in ihren Stuhl und sagte: „Ich bin sehr nah dran, Ja zu der Möglichkeit zu sagen, auf StoneRiver zu bleiben. Allerdings möchte ich zuerst mit Ashley Swift sprechen. Es war gestern Abend zu spät und heute Morgen zu früh, um anzurufen, also hatte ich noch keine Gelegenheit, einige Antworten von ihr zu bekommen."

David blinzelte nicht einmal. „Das habe ich mir gedacht. Sie ist wach und erwartet deinen Anruf."

Also schien der Clanführer clever, vorbereitet und automatisch ein paar Schritte vorauszudenken.

So erwachte in Tasha der Wunsch, ihm mehr zu vertrauen.

Sie zog ihr Handy heraus und musterte zuerst David und dann Brad. „Kann ich einen Moment allein haben?"

Die beiden Drachenmänner widersprachen nicht und gingen zur Tür. Brad erklärte: „Wir sind gleich draußen", bevor er die Tür hinter sich schloss.

Tief durchatmend wählte sie die Nummer der ADDA-Mitarbeiterin. Wie David gesagt hatte, antwortete Ashley beim ersten Klingeln. „Hey, Tasha. Ich habe gehört, was passiert ist. Und bevor ich dir sage, was du meiner Meinung nach tun solltest, sag mir zuerst, was du denkst."

Ashley stellte immer Fragen und hörte dann wirklich auf die Antworten. Das war einer der Gründe, warum Tasha schließlich nachgegeben und die Türen ihrer Bar für Drachenwandler geöffnet hatte. „Abgesehen davon, einen der Drachen hier zu paaren, gibt es einen anderen Weg, wie ich sicher bleiben und verhindern kann, dass meine Bar zerstört wird?"

„Ich wünschte, ich könnte mit den Fingern schnippen und alles verschwinden lassen. Aber ich fürchte, Davids Vorschlag ist richtig – auf StoneRiver zu bleiben ist das Beste, was du tun kannst. Besonders, da die beiden Männer, die dich angegriffen haben, mit einer Verwarnung freigelassen wurden."

Was zum Teufel? „Wie ist das möglich?"

Ashley seufzte. „Die Liga ist schlauer geworden und hat lokale Machtbereiche infiltriert, von Unternehmen bis zur Polizei. Deshalb musst du bei einem Drachenclan bleiben. Zumindest beim ADDA hast du mich und ein paar andere vertrauenswürdige Mitarbeiter, die ich kenne, um dir zu helfen."

Also hatte sie wirklich keine andere Wahl, als Brad zu paaren und auf StoneRiver zu bleiben. Und ihre Bar zu behalten, schien immer mehr wie ein Traum als die Realität.

Mit anderen Worten, ihr ganzes Leben stand kurz davor, sich drastisch zu ändern.

Ashley sprach wieder, bevor Tasha es konnte. „Ich wünschte, du könntest hierher nach PineRock kommen, aber es ist für das ADDA glaubwürdiger, dass du dich in den Teilzeit-Sicherheitsmann verliebt hast, als in irgendeinen zufälligen Kerl hier. Oder zumindest macht es mir das leichter, es den Leuten zu verkaufen. Sie sind immer noch etwas unsicher, wenn es um zufällige Menschen-Drachen-Paarungen außerhalb der Drachenlotterie geht."

Tasha hatte sich nie für die Drachenlotterie angemeldet – im Zuge derer die erwählte Person einen Drachenwandler schwängern oder von einem geschwängert werden würde – oder jemanden getroffen, der das getan hatte. Tatsächlich hatte sie bis vor Kurzem, als Ashley den Clanführer von PineRock gepaart hatte, noch niemanden getroffen, der einen Drachenwandler gepaart hatte.

Tatsächlich wusste Tasha nichts über die Drachenversion von Ehe und war es leid, unwissend zu sein. Sie konzentrierte sich darauf, wie ihr Leben wahrscheinlich werden würde und platzte heraus: „Wie werde ich wissen, was zu tun ist, wenn ich mich entscheide, Brad zu paaren? Es gibt hier keine anderen Menschen, die ihre Erfahrungen mit mir teilen und mir Ratschläge geben können, wie man mit einem Drachenmann umgeht."

„Vielleicht nicht, aber nach meinem eigenen Wes ist David der verständnisvollste Drachenführer im Tahoe-Gebiet, wenn es um Menschen geht. Wenn ich ihm nicht vertraute, würde ich nicht vorschlagen, dass du eine Weile dort lebst, geschweige denn versprechen, dass er dich vor jeglichen Liga-Angriffen schützen wird. Bitte ihn um Hilfe, und er wird sie dir geben."

Tashas Bauchgefühl sagte ihr, dass Ashley die Wahrheit sprach. Dennoch sprach sie eine ihrer Ängste aus, da sie die Antwort hören musste. „Wenn ich dem Ganzen zustimme, werde ich jemals zu meinem Leben zurückkehren können? Vorausgesetzt, die ganze Liga-Sache wird irgendwann geklärt, weißt du besser als jeder andere, dass eine Art Makel an Menschen haftet, die eng mit Drachen verkehren."

Ashley antwortete: „Ich kann nicht garantieren, dass du einfach so zurückkehren kannst, wie es früher war. Das ADDA versucht, das Liga-Problem so lange wie möglich zu vermeiden, was die Dinge meiner Meinung nach verschlimmert. Aber wenn du nicht zumindest für eine kurze Zeit bei StoneRiver bleibst, würde ich sagen, deine Chancen, ein normales Leben zu führen, liegen bei etwa einem Prozent."

„So gut, ja?", fragte sie gedehnt.

Ashley schnaubte. „Nun, es könnte noch

schlimmer sein. Aber im Ernst, ich denke, du hast nicht viele Optionen, Tasha. Wenn du bei einem Drachenclan bleibst, kann ich sehen, ob das ADDA dir erlaubt, dein Geschäft von StoneRiver aus zu führen. Aber das ist alles, was ich tun kann. Ich lasse keine falschen Hoffnungen vor deiner Nase baumeln. Und sobald die Liga dich ins Visier nimmt, wird dein Leben zur Hölle."

Während Tasha alles, was Ashley ihr erzählt hatte, bereits vermutet hatte, machte es das Ganze viel realer, es von ihrer gewissermaßen Freundin zu hören.

Was bedeutete, dass sie letztendlich keine andere Wahl hatte, als auf StoneRiver zu bleiben und Brads Gefährtin zu sein.

Ein Gemisch aus Emotionen durchströmte sie, die meisten widersprüchlich. Wie konnte sie gleichzeitig enttäuscht sein und sich dennoch auf den neuen Weg freuen? Das ergab keinen Sinn.

Vielleicht, weil sie anfing, Brad in einem neuen Licht zu sehen. Oder vielleicht freute sie sich auf das neue Abenteuer an einem größtenteils fremden Ort.

Oder vielleicht wusste sie einfach, dass sie ihre Umstände nicht ändern konnte und das Beste daraus machen musste.

Unabhängig von den wahren Gründen – sie konnte das später klären – antwortete sie Ashley: „Dann bleibe ich. Versprich mir nur, dass du mich bald besuchen kommst. Ich weiß nicht, ob viele meiner Freunde einen Fuß auf das Land eines

Drachenclans setzen würden, selbst wenn sie dürften."

„Also bin ich alles, was du hast, ja?" Ashley lachte und fügte hinzu: „Ich arbeite daran. Mein Gefährte ist etwas beschützend, seit ich jetzt schwanger bin, aber ich kann überzeugend sein."

Tasha hätte es wahrscheinlich nicht von sich aus angesprochen, aber jetzt, da Ashley ihren Gefährten erwähnt hatte, wagte sie zu fragen: „Ist es seltsam, mit einem Drachenwandler zusammen zu sein?"

Ashley schnaubte. „Ich wünschte, mein Gefährte könnte das hören. Aber nein, es ist nicht seltsam. Vielleicht ein bisschen anders – du hast es sowohl mit der menschlichen Hälfte als auch mit der Drachenhälfte zu tun. Sie können jedoch wunderbare Partner sein. Nun, vorausgesetzt, du lässt sie wissen, dass du eine gleichberechtigte Stellung willst, wovon ich spüre, dass du es genauso willst wie ich. Drachenmänner und -frauen können ziemlich beschützend sein, da sie Familie und Clan sehr schätzen. Also geh vorsichtig in diesem Bereich vor und lerne, deine Kämpfe auszuwählen."

Würde Tasha überhaupt wissen, was ihre Kämpfe waren? Brad war zumindest in ihren bisherigen Erfahrungen nicht gerade mitteilsam. „Ich werde das im Kopf behalten. Lass mich einfach wissen, wann du zu Besuch kommen kannst, okay? Ich denke, ich muss mehr über wahre Gefährten, Paarung und all das von einem anderen Menschen mit Erfahrung lernen."

Ashley hielt inne. „Weißt du, wer dein wahrer Gefährte ist?"

„Ja. Ich habe gerade herausgefunden, dass es Brad ist."

Ashley schnalzte mit der Zunge. „Kein Wunder, dass er dich immer in der Bar angestarrt hat. Nun, die Paarung wird eine Scheinehe sein – denk daran wie an eine Art Greencard-Ehe, um bei den Drachen zu bleiben –, aber es liegt an dir, ob du mehr als das willst." Ashley hielt einen Moment inne, bevor sie fragte: „Willst du mehr?"

Tasha biss sich auf die Lippe und nahm sich eine Sekunde, bevor sie antwortete: „Ich weiß es nicht."

„Dann ist mein Rat, das zuerst herauszufinden. Wenn Brad dich küsst, löst es einen Gefährtenrausch aus. Wenn du das nicht willst, müssen sie seinen inneren Drachen sedieren und einen Ort weit weg finden, um dich zu verstecken, möglicherweise für Jahre, bis sein Drache darüber hinweg ist."

Sie blinzelte. „Warte, was? Wird er verrückt oder so?"

„So ähnlich. Die menschliche Hälfte kann den Drang, ihre Gefährtin zu beanspruchen, für eine Weile normalerweise unterdrücken, besonders wenn sie so stark sind wie Brad. Aber innere Drachen wollen ihre wahre Gefährtin verzweifelt, und noch mehr nach dem ersten Kuss. Wir können nicht riskieren, dass du in seiner Nähe bist, sobald ihr beide euch geküsst habt."

Na toll! Noch etwas, worüber sie sich Sorgen machen musste. „Auf dem Papier würde das alles wirklich verrückt erscheinen."

Ashley grunzte. „Vertrau mir, ich weiß. Du bist in einer neuen Welt, Tasha. Einer, in die du bisher nur deinen Zeh getaucht hast. Aber ruf mich jederzeit an, und ich meine es ernst, wenn du Antworten brauchst. Obwohl ich dafür sorgen werde, dass David dir ein oder zwei Personen zuweist, um dir den Einstieg zu erleichtern und alles zu verstehen. Vielleicht kann einer der Lehrer dir bei deinem Übergang ins Clanleben helfen und dir Unterricht geben."

Um die Stimmung ein wenig aufzulockern – alles, was Ashley enthüllt hatte, war nahe daran, sie zu überwältigen – murmelte Tasha: „Und ich dachte, ich wäre mit der Schule fertig."

Ashley kicherte. „Wenn man bedenkt, dass selbst ich trotz meiner langen Arbeit mit dem ADDA nicht alles über Drachenwandler weiß, gibt es definitiv viel zu lernen. Aber du bist klug und schnell auf den Beinen – ich habe deine Bar monatelang beobachtet, bevor ich dich mit der Idee angesprochen habe, sie für Drachen zu öffnen, erinnerst du dich? –, und du wirst es gut machen. Meine einzige Forderung ist, dass du um Hilfe bittest, wenn du sie brauchst. Dies ist eine neue Welt für dich, und egal wie klug oder aufmerksam du bist, du wirst etwas Unterstützung brauchen."

Das war eine Untertreibung, wenn es je eine gab. „Oh, ich werde anrufen, wenn ich es brauche.

Obwohl es etwas schwieriger sein wird, die Drachenwandler zu fragen."

Ashley antwortete: „Sie sind uns sehr ähnlich und doch gleichzeitig anders. Obwohl ich vorschlagen würde, bald einen in seiner Drachengestalt zu sehen, um dich an den Gedanken zu gewöhnen, dass Drachen um dich herum fliegen und landen."

Tasha hatte nicht daran gedacht. Drachen durften nicht über Reno fliegen, und sie hatte in ihrem ganzen Leben nur eine Handvoll am Himmel gesehen. Vielleicht würden manche Leute Angst haben, einen großen Drachen mit ausgebreiteten Flügeln hinter sich zu sehen, aber Tasha war lediglich neugierig. Ziemlich viele Drachen-Groupies kamen in ihre Bar, um die Drachenmänner und -frauen anzugaffen, und Tasha fragte sich, ob ihre Drachengestalt der Grund war. Nun, abgesehen von ihrer Attraktivität, natürlich. Drachenwandler gewannen meistens die genetische Lotterie. „Okay, ich werde dann darum bitten, einen zu sehen. Danke, Ashley."

„Kein Problem, Tasha. Du hast nicht nur Drachenwandler in deine Bar gelassen, du hast auch Wes und mir erlaubt zu bleiben, als es einfacher gewesen wäre, uns rauszuschmeißen. Wir werden das nie vergessen."

Stimmt, als die Liga-Arschlöcher zum ersten Mal versucht hatten, Wes und Ashley zum Gehen zu zwingen, hätte Tasha sie hinauswerfen können. Stattdessen hatte sie Brad geschickt, um die

Situation zu beruhigen und möglicherweise die Liga-Anstifter rauszuschmeißen. „Es war nichts. Ihr zwei wart nicht die, die Ärger gemacht haben."

„Trotzdem bedeutet es uns viel. Obwohl es mir leidtut, dass es dich hierhergebracht hat." Sie hielt inne, einige gedämpfte Geräusche erklangen im Hintergrund, und dann kam sie wieder ans Telefon. „Anscheinend bin ich zu spät für meine Selbstverteidigungsstunde, und mein Gefährte ist nicht allzu glücklich darüber. Trotzdem, wenn du mehr Fragen hast, lass es mich wissen. Ich werde seinen Zorn riskieren, um sie zu beantworten."

Tasha lächelte bei der Vorstellung, wie Ashley am Telefon plauderte, während ihr großer Gefährte mit verschränkten Armen hinter ihr stand und über ihre Verspätung grummelte. „Nein, nein, das reicht für jetzt. Ich bin sicher, ich werde später tonnenweise Fragen haben."

„Okay, dann reden wir bald wieder. Tschüss, Tasha."

„Tschüss."

Als sie den Anruf beendete, steckte Tasha ihr Handy weg und stieß einen Seufzer aus.

All ihre Jahre des Planens, harten Arbeitens und Sparens, um ihren eigenen Laden zu eröffnen, standen kurz davor, zum Fenster hinauszufliegen. Wenn sie je eine Chance auf ein normales Leben haben wollte, musste sie einen Drachenwandler paaren.

Was bedeutete, ihre Bar für die absehbare Zukunft zu schließen und stattdessen ihren Fokus darauf zu verlagern, alles über Drachenwandler zu lernen, was sie konnte.

Nach ein paar Atemzügen, um sich zu beruhigen – ihr Leben stand schließlich kurz davor, sich gewaltig zu ändern –, stand Tasha auf und ging zur Tür. Es war Zeit, ihrem zukünftigen Scheinehemann die Neuigkeiten zu erzählen.

Kapitel Fünf

E twa eine halbe Stunde später führte Brad
Tasha in seine Hütte und ins Wohnzimmer.

Seit sie zugestimmt hatte, seine Gefährtin zu
sein, war alles wie ein Wirbelsturm passiert. David,
der sagte, er würde alles mit dem ADDA klären, wie
er auch Tashas erste Unterrichtsstunde mit einem
der Clanlehrer koordinieren würde, und dann
David, der Brad befahl, sich den Tag freizunehmen,
um Tasha zu helfen, sich einzugewöhnen und
StoneRiver kennenzulernen.

Bei allem, was los war, hatte er kaum mehr als
drei Sätze mit Tasha gesprochen. Aber als sie auf
der Couch saß und die Augenbrauen hob, wusste er,
dass sie endlich die Chance haben würden, allein zu
reden.

Und Brad hatte keinen Schimmer, was er sagen
sollte.

Sein Drache seufzte. *Frag sie, wie es ihr geht oder ob
sie etwas wissen will. So schwer ist das nicht.*

Tashas Stimme hinderte Brad daran, seinem Tier zu antworten. „Die blitzenden Pupillen bedeuten, dass dein Drache spricht, richtig? Wie funktioniert das genau? Niemand hat mehr erklärt, als dass Drachenwandler zwei Persönlichkeiten in einem Kopf haben."

Er grunzte. „Ganz genau. Die Drachenhälfte fängt an, mit der menschlichen Hälfte zu sprechen, wenn man sechs oder sieben Jahre alt ist. Mit dem inneren Tier auszukommen ist nicht immer einfach, aber wenn man es nicht schafft, kann schnell alles schiefgehen."

Sie runzelte die Stirn. „Inwiefern schiefgehen?"

Sein Drache knurrte. *Du machst ihr Angst.*

Das bezweifle ich.

Trotzdem setzte sich Brad in den Sessel gegenüber der Couch und sagte: „Nun, wenn ein innerer Drache durchdreht und die Kontrolle übernimmt, können sie allerlei Schaden anrichten. Aber das passiert selten, und bei mir wird es nie passieren."

Ein Mundwinkel zuckte nach oben. „So sicher, ja?"

Er setzte sich aufrechter in seinen Stuhl. „Natürlich bin ich das. Mein Hauptjob ist es, den Clan zu schützen. Ein verrückter Drache würde das unmöglich machen."

Sie neigte den Kopf, ihr Haar fiel über ihre Schulter, und es kostete ihn alles, nicht hinüberzugreifen und es zurückzustreichen. Denn dann könnte er ihre Schulter nachzeichnen, die

Seite ihres Halses und schließlich ihre Wange umfassen.

Und das durfte er ganz sicher nicht tun. Tasha zeigte keine Anzeichen dafür, mehr als seinen Schutz zu wollen – Erregung bedeutete nicht, eine gemeinsame Zukunft zu wollen –, und er würde nichts voraussetzen.

Was bedeutet, dass ich derjenige sein muss, der dir sagt, wann sie bereit ist, erklärte sein Drache. *Weil du nie etwas über Frauen bemerkst.*

Nicht bereit, sein Tier Diskussionen über ihren Ex wiederaufwärmen zu lassen – und dass sein Tier bemerkt hatte, dass Amber ihre Liebe nicht auf dieselbe Weise erwidert hatte –, konzentrierte sich Brad auf Tasha. Er räusperte sich. „Du hast offensichtlich mehr Fragen. Also stell' sie."

„Ist das ein Befehl oder eine Bitte?"

„Spielt das eine Rolle?"

Sie schnaubte. „Vielleicht nicht in diesem Fall. Aber solange ich hier bin, sind wir gleichberechtigt, Brad. Dies ist dein Clan, aber ich werde nicht alles tun, was du sagst, nur weil ich hier in der Minderheit bin."

Er beugte sich vor und stützte die Ellbogen auf seine Oberschenkel. „Ich würde dir nie etwas befehlen, Tasha. Es sei denn, wir wären nackt."

Verdammt! Er hatte das nicht sagen wollen, aber es schien, als wären sein Gehirn und sein Schwanz gerade nicht auf derselben Seite.

Er musste Tasha zugutehalten, dass sie nicht die Stirn runzelte oder ihn sofort tadelte. Nein, stattdessen beugte sie sich auch vor – vielleicht absichtlich, um ihr Dekolleté zu zeigen, denn er hatte freie Sicht – und antwortete: „Falls wir je in dieser Situation sind, freue ich mich darauf."

Er blinzelte. Hatte die Menschenfrau das wirklich gerade gesagt?

Sein Drache meldete sich. *Ermutige sie.*

Wie?

Finde es heraus.

Tashas Blick wanderte über seinen Körper hinab und wieder hinauf. Jeder Zentimeter, den sie betrachtete, schickte mehr Blut direkt in seinen Schwanz.

Worüber hatte sie nur mit Ashley Swift gesprochen?

Seine zukünftige Frau sprach wieder. „Ja, ich bin direkt. Und vielleicht wird es nie passieren. Aber ich denke, wenn ich dich für eine Weile quasi heiraten werde, sollte ich ehrlich sein. Du bist attraktiv, und es hat keinen Sinn, das zu leugnen. Wäre da nicht die Sache mit der wahren Gefährtin, würde ich vielleicht das ganze Freunde-mit-gewissen-Vorzügen-Ding in Betracht ziehen. Allerdings kannst du mich nicht küssen, sonst löst es den Rausch aus. Es ist am besten, wenn ich dich jetzt teste, solange wir noch größtenteils Fremde sind, damit du deine Verteidigung gegen mich stärken kannst."

Er runzelte die Stirn. „Worum zum Teufel geht's?"

„Du bist offensichtlich auch von mir

angezogen, Brad. Aber wenn ich Kinder bekomme, wird es mit jemandem sein, mit dem ich mein Leben verbringen will. Ein Rausch garantiert nicht, dass das passiert, also müssen wir beide uns daran gewöhnen, miteinander umzugehen, ohne dass Sex passiert. Und an deinem offenen Mund sehe ich, dass ich dich überrascht habe. Aber Ehrlichkeit wird uns auf lange Sicht helfen, denke ich."

Bei ihren Worten klappte er seinen Kiefer zu.

Sein Drache lachte. *Ich mag sie immer mehr. Wenn sie dich zum Staunen bringen kann, lohnt es sich, sie zu behalten.*

Sein Tier ignorierend, konzentrierte er sich auf die Menschenfrau, die ihm gegenübersaß. „Es gibt verschiedene Ebenen von Ehrlichkeit. Aber ich denke, es ist sicher zu sagen, dass du die ehrlichste Person bist, die ich bisher getroffen habe."

Sie grinste. „Gut. Ich mag diese Tatsache irgendwie." Ihr Gesicht kehrte zu einem neutraleren Ausdruck zurück, und ihr Lächeln verblasste viel zu schnell für seinen Geschmack. „Aber ich meine es ernst, Brad. Ich habe zugestimmt, dich zu paaren und auf StoneRiver zu bleiben, um nicht getötet zu werden. Vielleicht würden manche Frauen sofort auf den Helden hereinfallen, der sie zu schützen versucht, aber das bin nicht ich. Wenn – und das ist ein großes Wenn – das irgendwo hinführt, wunderbar. Aber ich will Sicherheit bezüglich der Zukunft, nicht nur heißen Sex, der nach ein paar Monaten verpufft."

Er knurrte und platzte heraus: „Es würde nie verpuffen. Das verspreche ich dir."

Sie schwiegen beide, starrten einander an, und Brad stellte sich vor, Tashas Shirt und BH herunterzureißen, ihre Brust zu umfassen und ihren dunklen Nippel in seinen Mund zu nehmen. Er konnte fast spüren, wie sich ihre Nägel in seine Kopfhaut gruben, während sie sich wand.

Brad wollte sie. Für Sex, ja. Aber wenn ihr kurzes, ehrliches Gespräch ein Vorgeschmack auf ein Leben mit ihr war – Tasha, die ihn immer auf Trab hielt – wollte er das auch.

Sein Drache summte. *Gut, gut. Jetzt musst du sie gewinnen.*

Er beugte sich ein wenig weiter vor und murmelte: „Du hast eine Herausforderung ausgesprochen, Natasha Jenkins. Eine, die ich fast annehme."

Ihr Herzschlag beschleunigte sich, während ihre Pupillen sich weiteten.

Sie dachte an ihn, genauso wie er an sie gedacht hatte.

Ihre Stimme war heiser, als sie antwortete: „Nun, wir werden sehen, wie es läuft."

„Zumindest ist das kein klares Nein."

„Nein, das ist es nicht."

Die Temperatur im Raum stieg um ein paar Grad an.

Bei ihrer Wärme, ihrem Duft und ihrem schönen Gesicht geriet Brads Selbstbeherrschung ins Schwanken. Also war es Zeit, das Thema zu wechseln.

Er stand auf. „Nun, es gibt eine Möglichkeit, wie du mich nackt sehen kannst, ohne dir Sorgen um Sex zu machen."

Sie hob die Augenbrauen. „Bist du heimlich ein Teilzeit-Stripper oder so?"

Seine Lippen zuckten. „Nicht absichtlich."

„Also reißt du dir einfach zufällig deine Kleidung in der Öffentlichkeit herunter?"

Bei dem amüsierten Funkeln in ihren Augen juckte es ihn in den Fingern, sie näher zu ziehen und zu küssen.

Nicht, um sie zum Schweigen zu bringen, sondern um sie zu belohnen. Es war viel zu lange her, seit jemand, der nicht mit ihm verwandt war, versucht hatte, ihn zu necken.

Und Brad vermisste es.

Er räusperte sich und streckte eine Hand aus. „Wenn ich kurz davor bin, mich in einen Drachen zu verwandeln, ja. Lass mich dir meine Drachengestalt zeigen, Tasha. Ich möchte dein Erster hier auf StoneRiver sein."

Er hatte halb erwartet, dass sie ihn wieder necken würde, aber sie stand auf und legte langsam ihre Hand in seine.

Als er seine Finger um ihre schlang, raste Elektrizität durch seinen Körper, während ihre Blicke sich wieder trafen.

Wie zum Teufel hatte er sie all diese Monate ignoriert und ihr widerstanden?

Sein Drache schnaubte. *Gute Frage.*

Sie murmelte: „Das würde mir gefallen. Obwohl ich hoffe, ich kann mehr tun, als nur zusehen. Ich habe keine Ahnung, wie sich Drachenschuppen anfühlen, und das wäre wahrscheinlich gut zu wissen, wenn ich hier leben soll."

„Ich bin mir nicht sicher, ob die Textur von Drachenschuppen beim Abendessen zur Sprache kommt, aber Ohrkraulen könnte es. Also muss ich dir heute davon erzählen."

Sie schnaubte. „Ohrkraulen? Wie man es bei Hunden macht?"

Sein Tier knurrte. *Wir sind millionenfach besser als ein Hund.*

Er lächelte. „Vergleich meinen Drachen nicht mit einem Hund. Das ist ein guter erster Tipp, denke ich."

„Oh, habe ich ihn beleidigt? Das wollte ich nicht. Ich glaube, ich vergesse immer noch, dass eine zweite Persönlichkeit bei diesem Gespräch zuhört."

Sein Drache grunzte. *Warte nur, bis ich mit ihr sprechen kann. Dann wird sie die bessere Hälfte von uns beiden kennenlernen.*

Brad antwortete Tasha: „Keine Sorge, er kann damit umgehen. Und mit der Zeit wirst du mehr als nur daran denken, dass er da ist. Drachenhälften können manchmal die Kontrolle übernehmen, selbst wenn wir in unserer menschlichen Gestalt sind."

Sie drückte seine Hand. „Dann erklär es mir im

Gehen. Ich bin ungeduldig, meinen allerersten Drachen aus der Nähe zu sehen."

Sein Drache beruhigte sich und richtete sich in seinem Geist höher auf. *Ja, ich will, dass sie mich sieht. Also hör auf, Zeit zu verschwenden.*

Während er Hand in Hand mit Tasha aus seinem Haus und zum hinteren Landeplatz ging – es war der ruhigere der beiden auf StoneRiver – gab er sein Bestes, eine grundlegende Erklärung über innere Drachen zu geben.

Und trotz der Tatsache, dass mehrere Clanmitglieder Tasha besorgte Blicke zuwarfen, zögerte sie nicht und wandte auch nicht den Blick von jemandem ab, der ihrem begegnete.

Sie war aus so vielen Gründen verdammt fantastisch. Und Brad war es leid, Ausreden zu erfinden.

Von jetzt an würde er ein wenig härter daran arbeiten, seine wahre Gefährtin zu gewinnen. Vielleicht, nur vielleicht, würden die Dinge diesmal mit der richtigen Frau besser laufen.

Tasha hatte kein Problem damit, zuzuhören, wenn der Sprecher etwas Interessantes zu sagen hatte. Und während des gesamten Weges zu dem, was Brad den Landeplatz nannte, ging der Drachenmann ins Detail über seinen inneren Drachen.

Oh, sie verstand nicht ganz den Teil, dass sein

Drache die ersten sechs oder so Jahre seines Lebens in seinem Geist „versteckt" war. Aber es war faszinierend zu erfahren, dass die Drachenhälfte ihre eigene Persönlichkeit hatte, ihre eigenen Meinungen und sogar die Kontrolle über Brads menschliche Gestalt übernehmen konnte.

Sie hatte während ihrer Drachenstunden beim ADDA wirklich nur die Oberfläche angekratzt, kurz bevor sie ihre Bar für die Drachenwandler geöffnet hatte.

Und bevor sie es wusste, blieb Brad in einem riesigen Bereich stehen, der umgeben war von einer hohen Mauer aus sorgfältig gestapelten Steinen. Definitiv etwas, das vor langer Zeit gebaut worden war, nach den abgenutzten Oberflächen und verschiedenen Markierungen darauf zu urteilen.

Brad ließ ihre Hand los, und Tasha hätte sie fast wieder ergriffen, aus Angst, dass der Zauber der Normalität, den sie während ihres Spaziergangs geteilt hatten, ohne ständigen Kontakt verblassen würde. Immerhin hatte das Zuhören, wie Brad mit einer Mischung aus Ärger und Zuneigung über seinen inneren Drachen sprach, Ihr Interesse für den Drachenmann von Minute zu Minute mehr geweckt.

Sie war jedoch eine erwachsene Frau und konnte einem Mann widerstehen. Anstatt nach ihm zu greifen, klopfte sie mit der Hand gegen ihr Bein und fragte: „Also, wie funktioniert das mit dem Verwandeln? Diese Lektion habe ich noch nicht bekommen."

„Es ist einfacher, wenn ich es dir zeige. Natürlich muss ich nackt sein, um die Gestalt zu wechseln. Du kannst dich umdrehen, wenn du willst, aber dann verpasst du die kostenlose Show."

Sie blinzelte. Hatte Brad sie gerade … geneckt?

Tasha erholte sich schnell und beschloss, sich nicht zurückzuhalten. Sie ließ ihren Blick von seinem Gesicht zu seinen breiten Schultern, seiner schlanken Taille und den muskulösen Oberschenkeln wandern, die sie trotz seiner Jeans erkennen konnte. „Oh, ich glaube, das werde ich nicht tun."

Sie schaute wieder in sein Gesicht und lächelte über seinen überraschten Ausdruck.

Dies war eindeutig ein Mann, der an Neckereien und Humor nicht gewöhnt war, zumindest nicht von einem Menschen. Aber Tasha liebte es, und er würde sich daran gewöhnen müssen, wenn er ihr Gefährte sein sollte.

Er räusperte sich und drehte sich um, um sich zurechtzurücken. Sie schnaubte. „Oje. Müssen wir ein paar Minuten warten oder riskieren, dieser Show eine Erwachsenenfreigabe zu geben?"

Er grunzte. „Steh einfach da, und ich mache mich bereit. Komm mir nicht nahe, bis ich in meiner Drachengestalt bin und dir signalisiere, dass du dich nähern sollst."

Die Anspannung in seiner Stimme sagte ihr alles, was sie wissen musste – sie war nahe daran, ihn über die Kante zu stoßen.

Und Tasha wollte das nicht tun. Es gab einen

Unterschied zwischen Necken zum Spaß und zu weit zu gehen, um Ärger oder Stress zu verursachen.

Also schaute sie zu, wie er etwa zwei Minuten mit dem Rücken zu ihr stand. Dann zog er sein Shirt aus und enthüllte ein köstlich breites Paar Schultern.

Tasha hatte schon immer eine Schwäche für Schultern gehabt, bei denen sie sich klein und beschützt fühlen konnte.

Sie dachte jedoch nicht zu viel darüber nach, denn Brad begann, seine Jeans herunterzuschieben – langsam, oh, so langsam.

Es sah aus, als würde der Mann sie jetzt necken.

Da er ihr sozusagen die Ermutigung gegeben hatte, konnte Tasha nicht anders und pfiff. Der Drachenmann blickte mit einem Stirnrunzeln über die Schulter. Er knurrte: „Hör auf, mich abzulenken."

„Sorry, ich werde mich benehmen. Aber es macht einfach so viel Spaß, dich zu necken. Und ich bin nicht von der Sorte, dass ich gutes Necken nicht aushalten könnte. Also fühl dich frei, es mir jederzeit heimzuzahlen."

Seine Pupillen blitzten zwischen rund und geschlitzt hin und her, bevor er antwortete: „Zur Kenntnis genommen."

Und als er seine Jeans fallen ließ und keine Unterwäsche darunter zeigte, biss sich Tasha auf die Unterlippe.

Was würde sie nicht geben, um seinen festen Hintern zu packen und ihre Nägel hineinzubohren.

Brad stieg aus seinen Kleidern und traf wieder ihren Blick. Der Drachenmann lächelte selbstgefällig, als er sich langsam umdrehte.

Neugier geweckt, schaute sie nach unten.

Und heilige Scheiße, das Gerücht, dass Drachenwandler gut bestückt sind, war wahr! Obwohl es schien, als wäre vorerst jegliche Erektion beseitigt, was sie sich fragen ließ, wie groß er dann war.

„Hör auf, meinen Schwanz anzustarren, und schau mir beim Wandeln zu!", befahl Brad.

Tasha riss ihren Blick endlich los, gerade als Brad zu glühen begann. Eine Sekunde später wurden seine Arme und Beine länger, Flügel wuchsen langsam aus seinem Rücken, und seine Nase verlängerte sich zu einer geschuppten Schnauze.

Sie hatte keine Ahnung, wie viele Sekunden vergingen, bevor ein wirklich großer, dunkelroter Drache vor ihr stand.

Klar, sie hatte Bilder gesehen, aber nichts war vergleichbar mit dem schwachen Sonnenlicht, das auf seinen Schuppen glänzte und sie an manchen Stellen in ein leicht helleres Rot verwandelte.

Aus irgendeinem Grund ließ es sie an Glitzer denken. Obwohl sie vermutete, dass Brad dieser Vergleich nicht gefallen würde. Immerhin klang ein Glitzerdrache nicht gerade besonders furchterregend oder einschüchternd.

Das prächtige Tier gab einen Laut in seiner Kehle von sich und winkte mit einem Flügel, dass sie zu ihm kommen solle.

Wenn es ein unbekannter Drache gewesen wäre, einer, der zufällig hier in der Nähe gelandet war, dann hätte Tasha vielleicht gezögert. Aber Brad hatte zugestimmt, sie zu heiraten, um sie zu schützen, also musste sie nicht lang überlegen.

Als sie sich Brad jedoch näherte, nahm sie seine scharfen, spitzen Zähne, die Ohren, die aus seinem Schädel ragten, und auch die riesigen Krallen seiner Vorderpfoten — Hände? Klauen? Wer wusste das schon — wahr, die auf dem Boden ruhten. Wenn jemand einen Drachenwandler nicht persönlich kannte, konnte Tasha verstehen, dass man Angst vor einer Kreatur wie der vor ihr haben könnte.

Vielleicht, wenn mehr Menschen mit Drachenwandlern interagieren würden, würden die Ligamitglieder und andere Drachenhasser weniger werden und nicht mehr eine so große Bedrohung darstellen. Sie speicherte das unter Themen, die sie irgendwann in der Zukunft mit Ashley besprechen wollte.

Als sie nahe genug war, senkte Brad den Kopf und stupste sanft ihre Schulter an. Weil sie das als Aufforderung nahm, ihn zu streicheln, fuhr sie mit ihren Fingern über seine Schnauze. Die Textur war glatt, doch hart und leicht warm. Definitiv nicht die kalte, glasartige Vorstellung, die sie sich aus verschiedenen Filmen und Büchern gebildet hatte.

Brads Drache summte, und sie lächelte. „Okay,

ich hab' vorher falschgelegen. Du bist eher wie eine Katze. Und nein, das ist kein Herabsetzen. Ich würde ja süß sagen, aber ich glaube nicht, dass dir das gefallen würde, richtig?"

Der Drache grunzte, und sie lachte. „Okay, okay. Ich werde es mit diesem mysteriösen Ohrkraulen wiedergutmachen. Da mir nicht genau gesagt wurde, wie man es macht, musst du mir ein Zeichen geben, wenn ich es richtig mache."

Das riesige Tier machte einen kleinen Schritt zurück und drehte seinen Kopf zu ihr, sodass sein Ohr direkt vor ihr war. Es war etwas spitzer als das einer Katze, aber die Rückseite war größtenteils mit Schuppen bedeckt. Nun, außer einem kleinen Bereich am unteren Rand. „Lass mich raten, ich soll dich am unteren Rand kraulen, wo du es am besten spüren kannst?"

Ein weiteres Grunzen, das sie als Ja interpretierte. Und so fuhr Tasha mit ihrer Hand über das Ohr – auch fester, als sie es sich vorgestellt hatte, obwohl es ihr sinnvoll erschien, dass ein Drache eine rüstungsartige Schutzhaut brauchte – und erreichte schließlich den kleinen Bereich freiliegender Haut. Als sie mit ihrem Finger dort entlangstrich, spürte sie die Wärme des Drachenkörpers. „Nun, wenn mir je kalt wird, weiß ich jetzt, was zu tun ist. Ich lasse dich wandeln, und dann kann ich mich an die Rückseite deines Ohres kuscheln. Vielleicht nicht das Einfachste, aber ich bin sicher, wir kriegen das hin."

Der Drache schnaubte etwas, das sie für ein

Lachen hielt – konnte ein Drache lachen? –, und sie kratzte schließlich mit ihren kurzen Nägeln an dem Bereich.

Je mehr sie kratzte, desto mehr lehnte sich der Drache in die Berührung und summte lauter.

Ja, definitiv mehr wie eine Katze als ein Hund.

Gerade als sie fragen wollte, ob sie den Rest von ihm erkunden könne, kam eine große, unbekannte Frau mit braunen Haaren und hellbrauner Haut auf sie und Brad zugerannt. Ohne Umschweife sagte sie: „Wandle zurück, Brad! David muss euch beide sofort sehen."

Tasha runzelte die Stirn über die Dringlichkeit in der Stimme der Frau. „Was ist los?"

Die jüngere Frau antwortete: „Sagen wir einfach, dass eure Paarungszeremonie jetzt stattfinden muss, oder wir können dich nicht schützen."

Sie schaute in eines von Brads riesigen Drachenaugen, konnte seinen Ausdruck aber nicht lesen. Er bedeutete ihr mit seiner Schnauze, dass sie zurücktreten solle, und sie folgte dem unbekannten Clanmitglied zum äußeren Rand des Landeplatzes.

Da sie zumindest eine Zeit lang auf StoneRiver bleiben würde, schaute sie die jüngere Frau an und fragte: „Du kennst schon meinen Namen, aber wie heißt du?"

„Ich bin Maya Santiago, eine der jüngeren Beschützerinnen."

Tasha erinnerte sich aus ihrer früheren ADDA-Schulung in diesem Jahr daran, dass alle Beschützer in den USA ein Jahr, manchmal zwei, bei einer der Streitkräfte verbringen mussten.

Nachdem sie die Frau auf Anfang zwanzig schätzte, musste sie gerade aus dem Dienst gekommen sein.

Tasha fragte: „Kannst du mir etwas darüber sagen, was los ist? Ich meine, ich wurde erst gestern angegriffen, also bin ich etwas besorgt darüber, was als Nächstes passieren könnte."

Die Drachenfrau nickte. „Ich habe davon gehört, und es tut mir leid. Viele im Clan mögen Menschen misstrauisch gegenüberstehen, aber ich habe bei der Luftwaffe mit vielen gearbeitet und weiß, dass nicht alle schlecht sind. Aber was passiert ist: Wir haben unerwünschte Besucher an den Toren. Ich kann im Moment nicht mehr sagen, aber wenn ihr beide nicht sofort gepaart werdet, könnte StoneRiver vielleicht nicht in der Lage sein, dich zu schützen."

Tasha war so vertieft in Mayas Informationen gewesen, dass sie nicht mitbekommen hatte, wie Brad sich in seine menschliche Form zurückverwandelt hatte. Er blieb direkt neben ihnen stehen – nur mit seiner Jeans bekleidet– und erklärte: „Dann los. Wenn Tasha in Gefahr ist, muss ich alles wissen."

Während sie in eine Richtung gingen, die sie nicht ganz kannte – Tasha brauchte wirklich eine Karte –, versuchte sie, an den Shitstorm zu denken, der ihr nach StoneRiver gefolgt war. Denn während sie Brad um seines Schutzes willen paaren würde,

wollte sie auch helfen, herauszufinden, wie man
sowohl aktuelle als auch zukünftige Bedrohungen
angehen konnte. Es lag nicht in ihrer Natur, sich im
Hintergrund zu halten und andere die Dinge klären
zu lassen.

Sie brauchte jedoch zuerst Informationen. Also
ignorierte sie irgendwie Brads warmen, muskulösen
Brustkorb auf dem gesamten Weg zu dem, was, wie
sie feststellte, das Sicherheitsgebäude von letzter
Nacht war.

Kapitel Sechs

Brad biss die Zähne zusammen, während sie auf das Gebäude zugingen, wohl wissend, dass Maya keine Details preisgeben würde, wenn sie es nicht durfte.

Und doch wollte er erfahren, was zum Teufel los war.

Sein Drache meldete sich. *Ich bin genauso begierig wie du, das herauszufinden, also geh schneller.*

Da die Zeit seines Tiers mit Tasha verkürzt worden war, war Brad etwas netter als normal in seiner Antwort. *Tasha wird nicht mithalten können, und ich werde sie ohne ihr Einverständnis nicht tragen.*

Dann frag.

Nein. Das Gebäude ist gleich da vorne. Jetzt lass mich mich darauf konzentrieren, alle Details zu bekommen, damit wir den besten Weg finden, unsere Gefährtin zu schützen.

Sein Drache rollte sich in seinem Geist zusammen. *Wenigstens denkst du an Tasha als unsere. Das ist ein gutes Zeichen.*

Vielleicht, wenn er nicht auf ein Treffen über Tashas Sicherheit zusteuern würde, würde er mehr über diese Offenbarung nachdenken.

Aber alles, was er wusste, war, dass sie, als sie sich seiner Drachengestalt genähert und ohne Zögern seine Schuppen gestreichelt hatte, etwas in ihm verändert hatte.

Er wollte, dass sie immer so an ihn herantrat und seinen inneren Drachen glücklich machte. Etwas an ihrer Entschlossenheit und Faszination hatte ihn neugieriger auf die Menschenfrau gemacht.

Als sie jedoch das Gebäude betraten und die Treppe zum Büro des Hauptbeschützers hinaufgingen, schob Brad alles beiseite, was ihn hätte ablenken können.

Wenn er Tasha nicht schützen und auf StoneRiver halten konnte, gab es überhaupt keine Chance auf eine Zukunft mit ihr.

Maya klopfte an die Tür des obersten Beschützers. Ein paar Sekunden später öffnete Jon Bell. Sein normalerweise lächelndes Gesicht hatte nicht nur eine finstere Miene, sondern in seinen Augen blitzte auch Ärger. Brad fragte sofort: „Was zum Teufel ist los?"

Jon ignorierte ihn und schaute Tasha an. „Schnell, ich bin Jon Bell, der Sicherheitschef hier. Wir können uns später besser kennenlernen, aber kommt jetzt erstmal rein."

Brad und Tasha betraten den Raum. Die jüngere Drachenfrau, die sie begleitet hatte, blieb draußen und schloss die Tür, um ihnen Privatsphäre zu geben.

David war schon da, saß auf dem Stuhl vor Jons Schreibtisch. Doch bei ihrer Ankunft drehte sich der Clanführer um, um sie anzusehen. „Wir haben ein Problem. Mehrere Anwälte und Polizeibeamte sind in einem der Besprechungsräume hier und behaupten, Tasha werde gegen ihren Willen auf StoneRiver festgehalten."

Tasha verdrehte die Augen. „Sie nehmen das an, ohne mich tatsächlich zu fragen?"

David nickte. „Einer der Anwälte ist ein mutmaßlicher Liga-Sympathisant, also, ja. Für ihn wäre kein Mensch freiwillig bei einem Drachenclan."

Brad fragte: „Und die Polizei? Warum ist die hier?"

Jon antwortete: „Sie sagen es uns nicht, bis sie mit Tasha gesprochen haben. Aber laut Ashley Swift und einem Anwaltsfreund, den sie hat, wollen sie Tasha wegbringen. Irgendwas mit einem alten Gesetz, das besagt, dass keine Menschen ohne ausdrückliche schriftliche Genehmigung des ADDA auf Drachenland zugelassen sind. Normalerweise stört das niemanden, wenn ein Mensch ein paar Stunden oder sogar einen Tag hier ist, aber wenn die Liga sie draußen und verwundbar haben will, werden sie jede Waffe in ihrem Arsenal nutzen."

So viel dazu, dass die Liga sich von Drachenclans fernhielt. Anscheinend wurden sie mutiger. Brad vermutete, dass es kürzlich

Änderungen in ihrer Führung gegeben hatte. Das war etwas, das er weiter untersuchen müsste, aber erst, nachdem er Tashas Sicherheit gewährleisten konnte.

Tasha fragte: „Also, was tun wir? Maya hat erwähnt, Brad so schnell wie möglich zu paaren. Wird mir das erlauben, hierzubleiben?"

David stand auf und nickte. „Ja, laut Ashley wird das der Fall sein. Sie hat heute Morgen schon die Papiere eingereicht, bevor irgendjemand hier aufgetaucht ist. Und obwohl es noch nicht genehmigt ist, hat sie versprochen, dass es das wird. Ich habe keine Ahnung, wie sie das garantieren konnte, aber ich habe auch nicht gefragt."

Brad schaute Tasha an. Ihr Ausdruck war entschlossen und vielleicht ein wenig genervt, aber definitiv nicht ängstlich. Er fragte leise: „Bist du damit einverstanden?"

Sie begegnete seinem Blick und lächelte, was seinen Ärger ein winziges bisschen besänftigte. „Mir gefällt, dass du mich gefragt hast. Das ist schon eine enorme Verbesserung."

„Tasha", knurrte er.

Sie hob eine Hand. „Sorry, aber in angespannten Situationen tue ich manchmal so, als würde es nicht passieren. Necken hilft mir." Sie schaute zu David, Jon und wieder zu Brad. „Ich bin einverstanden, Brad jetzt zu paaren. Ich kann jedoch nicht garantieren, dass ich das ganze Rausch-Ding durchziehe. Ich brauche immer noch

Zeit, damit meine neue Realität bei mir ankommen kann."

Brad grunzte. „Das ist in Ordnung."

Was er nicht sagte, war, dass er ohnehin vorhatte, sie zu gewinnen, also war es überhaupt kein Problem.

Sein Drache schnaubte. *Du hast deine Meinung ja schnell geändert. Das gefällt mir. Also werde ich helfen, sobald wir mit den Mistkerlen fertig sind, die unsere Gefährtin wegnehmen wollen.*

David zog etwas aus seiner Tasche. Er öffnete die Finger und enthüllte zwei schlichte goldene Ringe. „Ich musste die Größen schätzen, aber sie werden fürs Erste funktionieren."

Als er die beiden Paarungsringe sah, wurde Brad glasklar – er wollte das. Es spielte keine Rolle, ob Tasha ein Mensch war oder ob es eine Garantie gab, dass alles funktionieren würde. Die Ringe und die Zeremonie würden ihm die Chance geben, diese Zukunft zu verfolgen.

Und wenn man bedachte, dass Brad monatelang jede Vorstellung von der Zukunft gefürchtet hatte, gab es ihm Hoffnung, dass es vielleicht doch nicht so schlimm war, seine wahre Gefährtin zu finden.

DIE ZWEI RINGE, die auf Davids Handfläche lagen, machten Tasha noch bewusster, wie ähnlich die Drachenwandler den Menschen waren. Sie mochten es Paarung statt Ehe nennen, aber es war im Grunde dasselbe.

Darüber hinaus signalisierte das Licht, das von den Ringen reflektiert wurde, auch, dass ihre Paarung mit Lichtgeschwindigkeit voranging.

Vielleicht sollte sie nervös, vorsichtig oder zurückhaltender sein. Aber in Wirklichkeit freute sie sich darauf, zu sehen, was mit Brad geschehen könnte. Die Zeit auf dem Landeplatz hatte ihr eine andere Seite des Drachenmannes gezeigt, und nicht nur wegen seiner Drachenhälfte. Sie wollte mehr über ihn wissen.

Abgesehen davon, dass sie Brad mochte, wollte sie auch gern den Anwälten und Polizeibeamten, die meinten zu wissen, was sie wollte oder was für sie am besten war, den Mittelfinger zeigen.

Also fragte sie David: „Okay, also, was tue ich jetzt? Sie haben uns in meinen früheren ADDA-Sitzungen nichts über Paarungszeremonien beigebracht."

Einer von Davids Mundwinkeln zuckte nach oben. „Das glaube ich. Aber im Ernst, Brad wird anfangen, und du kannst es ihm einfach nachmachen, okay?"

Sie nickte und drehte sich zu Brad. Bevor er etwas sagen konnte, murmelte sie: „Ich schätze, Hemden und Schuhe sind bei Paarungszeremonien optional?"

Brad lächelte. „Ich habe dir nackt ganz gut gefallen. Also bin ich wahrscheinlich overdressed."

Sie lachte. Tasha genoss diese neue Seite an

Brad. „Nun, du musst nur aufpassen, dass du nicht wiederholst, was passiert ist, kurz bevor du dich vorhin verwandelt hast. Das können wir vor deinem Clanführer und Sicherheitschef nicht zulassen, oder?"

Brads Augen wurden heiß, und es kostete sie alles, sich nicht davon beeinflussen zu lassen. Nun, zumindest nicht zu sehr. Ihr Herzschlag beschleunigte sich, und ihre Kleidung fühlte sich plötzlich zu eng an.

Glücklicherweise räusperte sich David und erklärte: „Normalerweise forciere ich etwas so Wichtiges nicht, aber die Zeit ist jetzt wirklich entscheidend."

Brad nahm einen der Ringe – den etwas kleineren – und hielt ihn ihr hin. „Natasha Jenkins, ich war monatelang entschlossen, mich von dir fernzuhalten. Ich habe die Handlungen einer Person meine Sicht auf alle Menschen beeinflussen lassen, und du hast mich schnell erkennen lassen, wie falsch das war. Dein Witz, deine Schönheit, deine Entschlossenheit – all das lässt mich dich immer mehr mögen. Also beanspruche ich dich heute mit der Hoffnung, in Zukunft noch mehr über dich herauszufinden. Wirst du meinen Paarungsanspruch annehmen?"

Sie nickte, und er schob den Ring auf den vierten Finger ihrer linken Hand, das leichte Gewicht eine Erinnerung daran, dass ihr Leben nie wieder dasselbe sein würde.

Brad deutete auf den anderen Ring, und Tasha

nahm ihn. Tief durchatmend sagte sie, was ihr in den Sinn kam. „Obwohl du ein verdammt guter Sicherheitsmann warst, war ich mir ziemlich sicher, dass du mich hasst. Es waren extreme Umstände nötig, damit wir zusammengeworfen wurden, wo wir keine andere Wahl hatten, als mehr übereinander zu erfahren. Und ich denke, wir beide hatten auf eine Weise Glück, dass es passiert ist. Du bist viel mehr, als ich dachte, Brad Harper, und ich bin neugierig, zu sehen, woraus du noch gemacht bist. Also beanspruche ich dich heute mit dem Versprechen, dass ich das herausfinden werde, und, ob es dir gefällt oder nicht, wir werden auch Spaß zusammen haben. Akzeptierst du meinen Anspruch?"

Er nickte, seine Pupillen blitzten schnell, und sie schob den Ring langsam auf seinen Finger. Als das geschehen war, nahm Brad ihre Hand und führte sie an seine Lippen. Das kurze Streifen seiner heißen, weichen Lippen ließ ihr Herz einen Schlag aussetzen.

Sie war vielleicht nicht bereit für einen ausgewachsenen Rausch, aber Tasha war mehr als ein bisschen neugierig, was dieser Drachenmann tun konnte, wenn sie allein und nackt waren.

Bevor ihr Verstand sich irgendeine Fantasie zurechtspinnen konnte, meldete sich David. „Gut, jetzt ist das erledigt. Ihr müsst nur noch ein paar Papiere unterschreiben, und dann kann ich die Anwälte und die Polizei vorerst wegschicken."

Sie schaffte es irgendwie, ihren Blick bei diesen Worten von Brads loszureißen. „Ist es so einfach?"

David zuckte mit den Schultern. „Fürs Erste. Ich bin sicher, sie werden zurückkommen, aber sie werden neue Anklagepunkte brauchen. Das gibt uns Zeit, deine Verteidigung zu stärken und unsere Strategie zu planen, wie wir mit ihnen umgehen."

Und so würde der Kampf weitergehen. Später müsste sie Ashley fragen, ob es jemals einfacher wurde, ein Mensch zu sein, der so eng mit einem Drachenwandler verbunden war. Nicht, dass Tasha jemand war, der leicht aufgab, aber es wäre schön, eines Tages wieder eine Art Normalität als Ziel zu haben.

Brad sagte: „Dann lass uns die Papiere unterschreiben, damit ich Tasha nach Hause bringen kann. Es gibt immer noch viel für sie zu lernen, und ich will es nicht aufschieben."

Sie runzelte die Stirn. Von allen Dingen, worüber man sich Sorgen machen konnte, schien ihre Drachenwandler-Ausbildung im Moment seltsam. „Können wir nicht eine kleine Feier oder so haben? Oder zumindest etwas Entspannendes, um mich aufzuladen, bevor ich all die Hindernisse angehen muss, die sicher kommen werden?"

Jon Bell grunzte. „Sie hat recht, Brad. Gönn ihr eine kleine Pause. Die Menschenfrau hat noch nicht einmal eine volle Nacht geschlafen."

Sie lächelte den großen Drachenmann mit den schwarzen Haaren und der dunklen braunen Haut an. „Ich denke, wir werden gut miteinander auskommen, Jon."

Er zwinkerte ihr zu. „Fürs Erste. Ich bin sicher, du wirst mich später hassen, wenn ich nach dir sehe, um sicherzustellen, dass du alle Regeln befolgst."

Brad knurrte und zog Tasha an seine Seite. „Pass auf, Jon."

Sie bemerkte, wie schnell Brads Pupillen blitzten. Irgendetwas war mit seinem inneren Tier los. Sie sprach zu ihrem Drachenmann. „Dann lass uns schnell die Papiere unterschreiben, damit wir gehen können, und du kannst mir mehr über deinen Drachen erzählen. Funktioniert das?"

Er nickte. „Wo sind die Papiere, David?"

„In meinem Büro. Kommt."

Tasha winkte Jon zum Abschied und folgte dem Clanführer den Flur hinunter zu seinem Büro.

Brad ließ sie den ganzen Weg nicht los, aber es machte ihr nichts aus.

Es war etwas Schönes daran, den warmen, festen Drachenmann an ihrer Seite zu haben.

Wenn sie nur wüsste, was ihre Zukunft bereithielt.

Für eine Frau, die daran gewöhnt war, alles zu planen, waren die letzten zwei Tage eine Art Hölle gewesen. Und doch war sie nicht wütend darüber. Nein, Tasha würde einfach ihre Pläne ändern und die Zeit, die sie mit Brad hatte, genießen lernen.

Vielleicht klappte das mit ihnen, vielleicht auch nicht, aber sie würde nicht aufgeben, bis sie herausgefunden hatte, welchen Weg sie einschlagen würden.

Kapitel Sieben

D as Unterschreiben der Papiere dauerte nicht länger als zehn Minuten. Und selbst mit der kurzen Zeit, in der sie darauf warteten, dass David der Polizei den Beweis zeigte, dass Tasha gepaart war, was ihnen keinen rechtlichen Grund gab, auf StoneRiver zu bleiben, dauerte es nicht lange, bis Brad auf einer Couch im Haus seiner Schwester saß, Tasha an seiner Seite, die Andy zuhörte.

Wie er vorhergesagt hatte – Tasha zu Megans Haus zu bringen, gab Brad Zeit, seine Lust abzukühlen und sich darauf zu konzentrieren, wie er seiner verlockenden Gefährtin widerstehen würde, wenn sie endlich allein waren.

Sein Drache seufzte. *Ich habe mich monatelang zurückgehalten. Man sollte meinen, du könntest das auch für ein paar Stunden tun.*

Brad wollte glauben, dass er das konnte. Aber die Paarungszeremonie hatte alles realer gemacht. Und kombiniert mit dem leichten Gewicht des

Rings an seinem Finger, nahm Brad seine Pflicht, seine Frau zu schützen, ernst.

Was auch einschloss, sie vor sich selbst zu schützen. Er antwortete: *Lass sie sich erst ein bisschen mehr an alles gewöhnen. Die Kinder in der Nähe zu haben, wird uns beiden helfen, ruhig zu bleiben. Und verdammt, ich brauche Ruhe, wenn ich sie überzeugen will, auf unbestimmte Zeit auf StoneRiver zu bleiben.*

Also willst du sie gewinnen. Du solltest dich besser dranmachen.

Ich arbeite daran, grummelte er mental.

Tasha wedelte mit einer Hand vor seinem Gesicht, und er konzentrierte sich endlich auf das, was sie sagte. „Hallo, Erde an Brad. Hörst du zu?"

Er grunzte. „Was?"

„Nun, trotz der Rückkehr deiner Griesgrämigkeit hat Andy vorgeschlagen, dass wir ein Spiel spielen. Bist du dabei?"

Megan sprang ein. „Auch wenn ich sicher bin, dass es Spaß machen würde, ist es schon längst Zeit für Andy, sich bettfertig zu machen. Ich denke, es ist am besten, wenn ihr zwei für die Nacht nach Hause geht."

Sein Drache richtete sich in seinem Geist höher auf. *Ja, ich mag die Idee. Es gibt viel, was wir tun können, ohne einen Rausch auszulösen. Vielleicht ist Tasha dafür offen.*

Während Brad versuchte, eine Ausrede zu finden, warum sie länger bleiben sollten, stand Tasha auf. „Ich könnte etwas Fernsehzeit gebrauchen und dann ins Bett gehen. Es waren zwei lange Tage, und ich bin sicher, der morgige wird noch länger, wenn die Liga ihren Willen durchsetzt."

Er sprach zu seinem Drachen. *Siehst du? Sie braucht Ruhe. Keine Spielchen.*

Ich bin nicht derjenige, der zu unserer Schwester rennen musste. Du bist derjenige, der vorsichtig sein muss.

„Brad?", fragte Tasha mit hochgezogenen Brauen. „Ich verstehe ja, dass das Reden mit deinem Drachen ein Teil von dir ist, aber es macht Gespräche manchmal echt superlangsam, oder?"

Megan schnaubte. „Nicht für die meisten Leute. Nur für meinen Bruder."

Er warf seiner Schwester einen bösen Blick zu, als er aufstand. „Manche von uns denken gerne Dinge durch, im Gegensatz zu dir, Megan."

„Oh, ich denke Dinge durch. Aber ich überanalysiere sie nicht, wie du es tust."

Tasha legte eine Hand an seinen Arm, und er erstarrte, ihre Berührung wie ein willkommener Schwall Wärme auf seiner Haut. Sie murmelte: „Komm schon, Brad. Ich werde dich auf dem Rückweg nicht einmal necken, wenn du willst. Aber ich bin ehrlich, wenn ich sage, dass ich erschöpft bin. Können wir nicht nach Hause gehen?"

Als Tasha sein Haus als Zuhause bezeichnete, durchströmte ihn eine Sehnsucht. Eine, bei der sie für immer bei ihm blieb und ihm vielleicht eines Tages auch einen Sohn oder eine Tochter schenkte.

Sein Drache flüsterte: *Dann sei nett zu ihr.*

Er nahm ihre Hand und mochte es, dass sie sofort ihre Finger um seine schlang.

Wenn er mehr als nur Lust und Sex wollte, musste er einfach härter daran arbeiten, sich um sie zu kümmern, wie es ein Gefährte tun sollte. „Sorry, Tasha. Wir können jetzt gehen. Ich habe vielleicht sogar Popcorn, das wir beim Fernsehen oder bei einem Film essen können. Ich sollte wahrscheinlich für den Anfang herausfinden, was meine Gefährtin gerne schaut."

Sie grinste. „Du magst vielleicht nicht all meine Entscheidungen."

„Solange du da bist, ist es mir egal."

Tashas Augen weiteten sich einen Moment, aber sie erholte sich schnell. „Nun, es scheint, als wärst du voller Überraschungen."

Andy zupfte an Tashas Oberteil, und sowohl sie als auch Brad schauten auf den jungen Mann hinunter. Er sagte: „Kommst du zum Frühstück?"

Tasha antwortete: „Ich weiß nicht, ob zum Frühstück. Ich bin wirklich müde und will richtig lange schlafen. Aber vielleicht später morgen?"

„Versprochen?"

„Ich werde mein Bestes versuchen."

Andy nickte. „Okay."

Megan legte ihre Hände auf Andys Schultern und drehte ihn Richtung Treppe. „Na gut, kleiner Mann, es ist Badezeit. Sag Gute Nacht."

„Nacht."

Megan schaute Tasha an. „Du hast meine Nummer, also ruf jederzeit an, wenn du möchtest."

Brad grunzte. „Ich kann mich um meine Gefährtin kümmern."

Tasha schnaubte. „Deine Gefährtin steht genau hier und kann für sich selbst sprechen." Sie wechselte ihren Blick zu Megan. „Danke. Wir werden sehen, wie die nächsten paar Tage laufen."

Nachdem alle Abschiede erledigt waren, brachte Brad seine Gefährtin nach Hause.

Ja, Zuhause war das perfekte Wort. Fast so, als hätte das fast leere Haus auf jemanden gewartet, der so voller Leben war, um es zu füllen.

Tasha war ganz sicher diese Person.

Und wenn er ein Mitspracherecht hatte, würde sie für immer seine Gefährtin sein und nicht nur für eine kurze Zeit, um sie vor den Liga-Arschlöchern zu schützen.

Kapitel Acht

Die nächsten paar Tage vergingen wie im Flug, während Tasha versuchte, Schlaf nachzuholen, kleine Dinge über das Leben mit Drachenwandlern zu lernen und ihr Geschäft so gut wie möglich aus der Ferne zu führen.

Sie hatte ihren Angestellten gesagt, dass sie für mindestens ein paar Tage schließen müssten, und ihnen für diese Zeit bezahlten Urlaub gegeben. Sie konnte das nicht auf unbestimmte Zeit tun – und einer von ihnen hatte gesagt, dass sie vielleicht woanders Arbeit suchen müssten –, aber es war eine schnelle Lösung für den Moment gewesen.

Als sie also einige Papiere auf ihrem Laptop fertigstellte, eines der wenigen Dinge, die Brad und einige der anderen Drachenwandler aus ihrem Haus geholt hatten, lehnte sie sich zurück und streckte die Arme über den Kopf.

Zeit für eine Pause.

Also machte sie sich auf die Suche nach Brad, der auch meist von zu Hause aus arbeitete.

Nicht, dass sie wirklich sagen konnte, was er den ganzen Tag tat. Der Drachenmann verbrachte immer mehr Zeit ohne sie. Obwohl sie nicht ganz verstand, warum er ihr auswich.

Nach dem wenigen, was sie über wahre Gefährten und die Bedürfnisse eines inneren Drachen wusste, war ihre beste Vermutung, dass er sie damit vor einem möglichen Rausch bewahren wollte.

Natürlich hatte Ashley ihr gesagt, dass vieles getan werden konnte, ohne einen Gefährtenrausch auszulösen, vorausgesetzt, der betreffende Drache war stark genug, um seine wahre Gefährtin nicht auf die Lippen zu küssen.

Und angesichts dessen, dass ihre Träume von einem sexy, nackten Drachenwandler erfüllt waren, war sie definitiv offen für ein bisschen Spaß.

Wenn sie ihn nur davon hätte überzeugen können! Er war einer der stärksten, stabilsten Männer, die sie je getroffen hatte. Sicherlich war er stark genug, um einen Rausch zu verhindern.

Nicht, dass sie ihm das ohne Worte sagen konnte. Also war es Zeit, ein offenes Gespräch mit Brad zu führen, bevor sie einander wieder fremd wurden, was sie wirklich nicht wollte.

Tasha fand ihn schließlich auf der hinteren Veranda, über einen Computer am Tisch gebeugt, etwas tippend. Es war fast komisch zu sehen, wie der riesige Drachenmann versuchte, mit einem so winzigen Laptop zu arbeiten. „Meinst du, sie könnten dir einen etwas größeren besorgen? Ich bin mir nicht sicher, wie du mit deinen riesigen Händen auf diesem Ding etwas tippen kannst."

Brad grunzte, nahm aber die Augen nicht vom Bildschirm. „Dieser hier ist in Ordnung. Die Bildschirme und Tastaturen im Beschützergebäude sind größer."

Sie setzte sich ihm gegenüber und fragte: „Warum gehst du dann nicht dorthin und arbeitest? Ich meine, ich versuche nicht, dich zu verscheuchen oder so, aber du hast selbst gesagt, dass ich sicher bin, solange ich in diesem Haus bleibe."

Er begegnete endlich ihrem Blick, und seine Pupillen blitzten schneller als üblich. „Auf keinen verdammten Fall lasse ich dich allein, bis wir sicher sind, dass die verdammte Liga dich nicht ins Visier nimmt."

Immer noch überfürsorglich, wie es schien. „Ich habe hier nur einen Brief bekommen, der an mich adressiert war, und der war von einem Anwalt. Ich würde das nicht gerade eine riesige Bedrohung nennen." Er grunzte wieder und schaute zurück auf seinen Laptop. Tasha seufzte und fügte hinzu: „Was ist mit dem Kerl passiert, der mich gern ein bisschen geneckt hat? Ich habe ihn seit ein paar Tagen nicht gesehen, und ich vermisse ihn."

Brad umklammerte den Rand des Tisches und murmelte: „Bis du dich in die eine oder andere Richtung über den Rausch entscheidest, muss es so sein. Ich will mit dir reden, dich halten, dich necken und so viele andere Dinge. Aber mein Drache wird ungeduldig."

Nun, dann war es Zeit, direkt zu sein und einige bohrende Fragen zu stellen. „Du sagst, er ist ungeduldig, aber heißt das außer Kontrolle? Wenn ich dich, sagen wir, mich nackt sehen und mich berühren lasse, würde das deinem Drachen helfen oder alles schlimmer machen?"

Er sah erneut in ihre Augen, und seine Pupillen blitzten noch schneller zwischen rund und geschlitzt hin und her. „Warum fragst du das?"

Sie beugte sich ein wenig vor. „Aus zwei Gründen. Erstens, ich mag dich, Brad, und du bist ziemlich sexy. Und zweitens, wenn es deinem Drachen hilft und den Mann zurückbringt, den ich besser kennenlernen will, bin ich ganz dafür. Also kommt es wirklich darauf an, ob dein Drache geerdet bleiben kann oder nicht."

Nach ein paar Sekunden blieben seine Pupillen endlich rund. „Mein Tier sagt, es kann sich beherrschen, wenn es bedeutet, dass es dich fühlen oder schmecken kann."

Bei seinen Worten raste Hitze durch ihren Körper und endete zwischen ihren Schenkeln.

Vielleicht, nur vielleicht, stand sie kurz davor, eine ihrer Traumfantasien wahr werden zu lassen.

Und sie war ganz dafür.

Tasha musste jedoch wie immer sicherstellen, dass ein Plan vorhanden war. „Ich will dir zu 100 Prozent glauben, aber gibt es ein Backup-Protokoll, falls das zu weit geht oder deinen Drachen verrückt macht?"

Zum ersten Mal seit über einem Tag verzogen sich Brads Lippen zu einem schwachen Lächeln. „Du lädst mich ein, deinen Körper von Kopf bis Fuß zu lecken, und bleibst trotzdem praktisch."

Das Bild von Brad, wie er ihren Hals hinableckte, dann zu ihrer Brust und schließlich zwischen ihre Schenkel, ließ sie ein wenig auf ihrem Sitz herumrutschen. „Ich habe nie etwas von Lecken erwähnt."

„Oh, aber ich denke, du willst es jetzt."

Verdammt, er hatte recht.

Reiß dich zusammen, Tasha. Nur noch ein bisschen länger. Sie räusperte sich. „Ich werde es nicht leugnen. Das wäre sowieso sinnlos, angesichts deiner Superhelden-Sinne. Aber ich muss immer noch wissen, welche Vorsichtsmaßnahmen zu treffen sind. Ich habe mehr über innere Drachen erfahren, und manchmal können sie bei einer wahren Gefährtin den Kopf verlieren."

Seine Augen blitzten wieder, bevor er antwortete: „Mein Drache sagt, nur die Schwachen geben nach. Er würde das nicht tun. Aber wenn du zusätzliche Sicherheiten willst, kannst du ein Handy mit David und Jon auf Kurzwahl haben."

Während sie sein Gesicht musterte, glaubte ihr Bauch ihm, dass er die Kontrolle behalten würde. Obwohl die Tatsache, dass er andere Optionen anbot, sie ihn nur noch mehr wollen ließ.

Also war es jetzt nur noch eine Frage, es geschehen zu lassen.

Sie stand auf, ging dann zur Schiebetür und schaute über ihre Schulter. „Sobald du fertig bist, komm zu mir, und wir werden deinen Drachen ein wenig testen, okay?"

Und während sie die Treppe hinaufging und dann begann, sich in ihrem Schlafzimmer auszuziehen, pochte Tashas Herz.

Sie hatte das Gefühl, dass diese Erfahrung ihre Beziehung zu Brad noch mehr verändern würde, und doch war sie mehr als ein bisschen begierig darauf, dass es geschah. Und nicht nur, weil sie die offenere Version von ihm zurückbringen wollte.

Ashley sagte immer wieder, dass die erste Zeit mit einem Drachenmann besser sei, als irgendjemand es sich je vorstellen könnte. Also schien es, als würde Tasha diese Theorie testen und sehen, ob sie stimmte.

BRAD WARTETE, bis Tasha weg war, bevor er zu seinem Tier sagte: *Bist du sicher, dass du das tun kannst und nicht zu weit gehst?*

Sein Drache schnaubte. *Natürlich kann ich das. Hör auf, an mir zu zweifeln. Unsere Gefährtin auch nur ein wenig zu schmecken wird helfen. Es ist ein Schritt näher daran, sie endlich als unsere zu beanspruchen.*

Die Worte klangen wahr. Und angesichts dessen, dass Tasha im Grunde gesagt hatte, dass sie ihre

Pussy lecken und sie dazu bringen könnten, sich zu winden, war Brad fertig damit, sich von ihr fernzuhalten.

Er raste die Treppe hinauf und hielt direkt vor ihrem Zimmer an. Sein Drache sagte: *Sie sollte in unserem Zimmer sein, nicht in diesem.*

Bald, Drache.

Er hörte etwas auf den Boden fallen, und sein Herzschlag beschleunigte sich.

Seine Gefährtin könnte nackt sein, oder größtenteils, direkt auf der anderen Seite der Tür.

Blut schoss in seinen Schwanz bei dem Gedanken an all ihre warme, braune Haut, entblößt und bereit für seine Zunge.

Irgendwie besaß er genug Selbstbeherrschung, um zu klopfen, anstatt die Tür einfach aufzubrechen, und Tasha antwortete: „Komm rein."

Als er die Tür geöffnet hatte, hielt er den Atem an, als er eine nackte Tasha mitten im Raum stehen sah.

Bei ihren harten Nippeln, den Kurven ihres Körpers und ihren langen Beinen lief ihm das Wasser im Mund zusammen.

Beine, die er um seinen Kopf wollte, während er sie seinen Namen schreien ließ.

Sie schnalzte mit der Zunge. „Wirst du da stehen und starren oder tatsächlich etwas mit mir tun?"

Bei der Belustigung in ihrer Stimme trafen seine Augen wieder ihren Blick. Hitze lag darin, aber auch ein unterdrücktes Lachen.

Das Leben würde mit seiner Gefährtin immer interessant sein.

Brad ging ins Zimmer und zog sein Shirt aus. Ihr Blick fixierte sich auf seine muskulöse Brust, und sein Schwanz wurde noch härter.

Was würde er nicht geben, um ihre Finger um seine Länge zu spüren und sie drücken zu lassen.

Oder ihre Zunge gegen seine Eichel schnippen und ihn verdammt nochmal den Verstand verlieren zu lassen.

Nein. Noch nicht. Er würde zuerst seine Gefährtin verwöhnen und beweisen, wie sehr er sie wollte. Das würde ihn einen Schritt näher daran bringen, sie zu überzeugen, seine zu sein und den Rausch zuzulassen.

Also behielt Brad seine Jeans an als eine Art Barriere. Als er Tasha erreichte, fuhr sie mit einem Finger unter den Bund. Sie murmelte: „Ich habe schon gesehen, was da drunter ist, also bin ich mir nicht sicher, warum du schüchtern bist."

„Ich bin nicht schüchtern, Liebes. Ich bin praktisch."

Ein Mundwinkel zuckte nach oben. „Du hast eine nackte Frau direkt vor dir und bist praktisch?"

Er berührte ihre Wange und genoss, wie sie sich in seine Berührung lehnte. „Wenn ich mehr davon will, muss ich das sein."

Sie suchte seinen Blick, ihr Ausdruck sagte ihm, dass sie etwas sagen wollte, aber stattdessen fuhr sie mit einer Hand über seine Brust und seinen Arm hinunter, bis sie ihre Finger um sein Handgelenk schlang. Sie bewegte seine Hand zu ihrer Brust und schmiegte sich in seine Hand. „Dann berühr mich, Brad. Ich bin es leid zu warten."

Sein Drache knurrte. *Ich kann riechen, wie sehr sie uns will. Hör auf zu zögern und verwöhne sie.*

Er drückte ihre Brust, bevor er seine Handfläche gegen ihren harten Nippel rieb. Sie zu berühren war jedoch nicht genug. Er musste herausfinden, wie ihre Haut schmeckte. Also bewegte Brad seine Hand, beugte sich hinab und ließ seine Zunge gegen ihren straffen Nippel schnippen.

Tasha stöhnte, und er saugte an ihr und genoss es, wie sie ihre Nägel in seine Kopfhaut grub, ihn wissen ließ, dass sie es mochte, wenn er kräftig saugte oder sie sogar leicht biss.

Keine sanften Berührungen für seine Gefährtin.

Sein Drache sagte: *Mehr, mehr! Hör auf, mich darauf warten zu lassen, wie sie schmeckt.*

Bald, Drache. Unsere Gefährtin verdient ein wenig Necken.

Um seinen Punkt zu unterstreichen, wechselte Brad zu ihrer anderen Brust und fuhr fort, langsam an seiner Gefährtin zu saugen, zu lecken und sie zu beißen, bis sie sich unter seinen Lippen wand. Sie keuchte: „Wie kann ich schon so nah dran sein?"

Er ließ sie los und begegnete ihrem Blick, mochte es, wie verloren vor Verlangen ihre Augen waren. „Weil du den richtigen Mann bei dir hast." Er nahm ihre Schultern und schob sie sanft zurück zum Bett. „Aber es ist Zeit, dass ich dich verdammt nochmal den Verstand verlieren lasse. Du solltest besser meinen Namen schreien, wenn du kommst, Tasha. Tu das, und ich werde dich belohnen."

Brad wartete, um zu sehen, ob sie trotz ihrer Worte vor ein paar Tagen, dass sie ihn im Bett dominanter wollte, widersprechen würde.

Sie rieb jedoch nur ihre Hand gegen seine Brust und murmelte: „Das sollte besser ein Versprechen sein."

Verdammt! Seine Gefährtin wurde von Minute zu Minute besser.

Sein Drache meldete sich. *Dann warte nicht länger, sondern handle. Leck ihre Pussy und Klitoris, bis sie schreit.*

Aber Brad musste nichts sagen. Tasha setzte sich auf das Bett, spreizte ihre Beine und fuhr sanft mit einem Finger durch ihr glitzerndes Zentrum.

Verdammt, sie war schon so verdammt feucht.

Mit einem Knurren kniete Brad vor ihr und rieb ihre Schenkel. „Erinnere dich an das, was ich gesagt habe, Tasha."

Bevor sie überhaupt nicken konnte, bewegte er sich zu ihrer Pussy, ließ seine Zunge leicht über sie gleiten und stöhnte bei ihrem Geschmack. Tasha zuckte ein wenig, aber spreizte bald ihre Beine weiter und lehnte sich auf ihre Ellbogen zurück.

Der Anblick seiner Gefährtin, die ihren Rücken wölbte, während sie sich seiner Zunge näherte, ließ seinen Schwanz einen Lusttropfen freisetzen.

Da er ihre Pussy nicht mit seinem Schwanz ficken konnte, neckte er stattdessen langsam ihren Eingang mit seiner Zunge und stöhnte über den Geschmack ihres süßen Honigs.

Er brauchte mehr, tauchte seine Zunge in sie hinein und genoss es, wie ihre Muskeln ihn umklammerten.

Er legte seine Hände unter ihren Hintern und hob sie noch mehr zu seinem Mund, was ihm besseren Zugang gab, um ihr süßes Zentrum zu lecken, zu stoßen und zu necken.

Als sie noch nasser für ihn war, zog er sich zurück und begann, ihre Klitoris zu umkreisen, ohne sie tatsächlich zu berühren. Sie hob ihre Hüften und schrie: „Mehr, Brad! Bitte!"

Nicht bereit, seiner Frau etwas zu verweigern, schnippte er mit seiner Zunge gegen ihre harte Knospe und fand bald einen Rhythmus, der sie stöhnen, sich winden und keuchen ließ.

Und obwohl sein Schwanz härter war, als er es je in seinem Leben gewesen war, konzentrierte er sich auf seine Frau; sowohl Mann als auch Tier wollten − nein, brauchten − ihren Orgasmus. Hauptsächlich für sie, aber auch für sich.

Denn es war eine der Möglichkeiten, wie Brad beweisen konnte, dass er sie wirklich als seine Gefährtin wollte.

Es dauerte nicht lange, bis Tasha ihren Rücken wölbte, während sie die Decke mit ihren Fingern umklammerte.

Er saugte an ihrer Klitoris, knabberte leicht mit seinen Zähnen, und Tasha schrie, bevor sie seinen Namen stöhnte.

Da Brad ihren Orgasmus schmecken musste, bewegte er sich zurück zu ihrer Pussy, leckte an ihrem süßen Nektar und stöhnte, weil sie so verdammt gut schmeckte.

Als sie schließlich aufhörte zu zucken, leckte Brad ein letztes Mal, bevor er jeden ihrer Schenkel und dann ihren Unterbauch küsste.

Um sich nicht in Versuchung zu bringen, legte er sein Kinn auf ihren Bauch und lächelte zu ihr hinauf. Tasha hob kaum ihren Kopf und lächelte langsam. „Also, was ist meine Belohnung?"

Er gab ihr einen sanften Klaps auf die Hüfte. „Bist du sicher, dass du mehr aushältst? Du siehst aus, als würdest du gleich ohnmächtig werden."

Sie hob die Augenbrauen. „Es braucht mehr als einen Orgasmus, um das zu schaffen, Drachenmann. Ich kann alles nehmen, was du hast."

Sein Drache schnaubte. *Sie war offensichtlich noch nie mit einem Drachenwandler zusammen.*

Gut. Wir werden ihr Erster und Letzter sein.

Ohne Widerspruch von seinem Tier spielte Brad träge mit Tashas Nippel, während er sagte: „Sei froh, dass ich noch nicht voll loslegen kann. Denn in einem Rausch kannst du solche Dinge nicht sagen, oder mein Tier wird die Gelegenheit ergreifen und es als echte Herausforderung interpretieren. Du musst Grenzen mit inneren Drachen setzen."

„Oh, wenn du zu weit gehst, werde ich etwas sagen, vertrau mir. Aber ich bin doch keine zarte Blume, die gleich in Ohnmacht fällt, nur weil mal ein paar Schimpfwörter fallen. Ich freue mich auf deinen inneren Drachen später."

Sein Drache knurrte. *Du solltest verdammt nochmal schneller versuchen, sie zu gewinnen. Ich will sie beanspruchen.*

Er antwortete Tasha: „Zur Kenntnis genommen. Nun, was deine Belohnung angeht …"

Und so ließ Brad seine Gefährtin noch zwei Mal nur mit seinen Fingern und seiner Zunge kommen, dabei lernte, was sie am stärksten zum Orgasmus brachte.

Zwar waren seine Hoden am Ende so blau, dass sie wahrscheinlich an Lila grenzten, aber es war ihm egal.

Keine Frau hatte je so gut geschmeckt, war so offen für seine Berührung gewesen oder hatte je wirklich so laut seinen Namen geschrien.

Und nachdem seine Drachenhälfte nach alledem etwas beruhigt war, begann Brad zu überlegen, wie er Tasha komplett für sich gewinnen konnte. Kein Abstand oder Ausreden mehr.

In seinem Kopf hatte er sie bereits beansprucht. Aber um sein Tier zu besänftigen, musste er es zur Realität machen.

Kapitel Neun

Am nächsten Morgen tastete Tasha mit einer Hand auf die linke Seite des Bettes und erwartete, den riesigen, warmen Koloss von einem Drachenmann zu finden.

Doch sie fühlte nichts als glatte, kalte Laken. Sie öffnete die Augen, sah den leeren Platz und seufzte.

Sie verstand, warum Brad noch nicht die Nacht mit ihr verbringen konnte, aber sie hatte nicht erwartet, so enttäuscht über seine Abwesenheit zu sein.

Und nicht nur wegen seiner magischen Zunge. Sie fühlte sich immer wohler, wenn er in der Nähe war.

Dann bemerkte sie den schwachen Duft von Speck und etwas, das sie nicht definieren konnte, und ihr Magen knurrte. Vielleicht machte Brad ihr Frühstück.

Sie stand auf, zog sich schnell an und ging die Treppe hinunter, begierig zu sehen, welche Version von Brad sie heute Morgen finden würde. Wenn er sich wieder zurückzog, müsste sie ihm vielleicht einen schnellen Tritt in den Hintern geben und ihm sagen, er solle sich verdammt nochmal entscheiden.

Als sie die Küche betrat, vergaß sie ihre Sorge beim Anblick von Brads nacktem Rücken, köstlich breit und kraftvoll mit definierten Muskeln. Muskeln, die vom Fliegen gestählt waren und nicht von stundenlangem Training im Fitnessstudio.

Aber es war die leuchtend gelbe Schürze – inklusive drei ziemlich beeindruckender Rüschen – um seine Taille, die sie lächeln ließ. „Ich hätte dich nicht als sonnengelben Koch eingeschätzt, der Rüschen liebt."

Grunzend drehte er sich um und schüttelte den Kopf. „Meine Schwester hat sie mir geschenkt, als ich hier eingezogen bin. Ich hätte nie gedacht, dass ich sie benutzen würde, aber ich konnte sie auch nicht wegwerfen, weil sie immer nachprüft, ob ich ihre Geschenke noch habe. Aber da ich tatsächlich kochen wollte, dachte ich, ich nehme sie. So steigen die Chancen, dass sie ruiniert wird, und dann kann ich das verdammte Ding mit gutem Grund wegwerfen."

Sie grinste, ging näher auf ihn zu und deutete auf die Teigkleckse auf einer der Rüschen. „Ich hoffe, nicht alles ist auf dir gelandet, denn ich bin ausgehungert."

Seine Pupillen blitzten eine Sekunde, bevor er einen Teller vom Tresen nahm und ihn ihr reichte.

Sie sah hinab und versuchte, herauszufinden,

was es war, abgesehen von dem Speck an der Seite. Der große Klecks war höchstwahrscheinlich eine Art Pfannkuchen, aber er sah ein bisschen wie eine Amöbenillustration aus ihren Mittelschultagen aus.

Brad seufzte. „Es soll ein Schmetterling sein. Ich habe gestern das Tattoo an deinem Knöchel bemerkt und dachte, es würde dir gefallen."

Die Tatsache, dass er ein solches Detail bemerkt hatte, angesichts dessen, dass sein Kopf meist zwischen ihren Schenkeln gewesen war, war beeindruckend. „Ich liebe Schmetterlinge. Aber, hey, solange das Essen okay schmeckt, ist das alles, was zählt. Du hast doch eine Geschmacksprobe gemacht, oder?"

Er schnaubte. „Ich versuche nicht, dich zu vergiften, Tasha. Iss einfach etwas, bevor mein Drache anfängt, muffig zu werden."

Der Gedanke an seinen riesigen roten Drachen, der einen Wutanfall hatte, ließ sie lachen. „Okay, okay. Es sollte nur besser auch Kaffee geben."

Er goss ihr einen Becher ein, während sie sich an Frühstückstresen setzte. Er reichte ihr gleichzeitig etwas Besteck, und Tasha schaute auf den seltsam geformten Pfannkuchen, bedeckt mit kleinen Dingen, die sie nicht identifizieren konnte – Früchte oder vielleicht Schokolade – und schnitt schnell ein Stück ab. Sie hob die Gabel und sagte: „Los geht's."

Sie schob sie zwischen ihre Lippen und stöhnte bei dem fluffigen, leicht süßen Geschmack. Die kleinen Dekorationen waren anscheinend Blaubeeren und Rosinen, was es nur besser machte.

Brad verschränkte die Arme über seiner nackten Brust und hob die Brauen. „Nun? Dein Stöhnen ist nicht ganz so laut wie letzte Nacht, aber ich denke, es bedeutet trotzdem, dass es gut ist."

Nachdem sie ihr Essen geschluckt hatte, antwortete sie: „Wenn mich dein Pfannkuchenrezept so gut fühlen lassen könnte wie ein Orgasmus, wärst du im Nu Millionär." Sie zwinkerte. „Aber nein, es ist nicht ganz so gut. Trotzdem, ich nehme definitiv noch einen." Sie deutete auf den Platz neben ihr. „Setz dich zu mir, Brad. Es wird unser erstes richtiges Frühstück zusammen sein."

Und als er mehr Essen auftischte und auf den Stuhl neben ihr glitt, schien das so einfach. Aber mit einem Mann zu frühstücken, der sie necken konnte, und über alles und nichts zu plaudern, war etwas, das sie immer gewollt hatte.

Vielleicht würde sie länger als ein paar Wochen bei Brad bleiben.

Natürlich musste sie immer noch herausfinden, wie sie ihr Geschäft in Reno führen konnte. Tasha gab zu, dass sie nicht weit davon entfernt war, eine eigene Familie zu wollen, aber sie liebte auch die Herausforderungen und den Nervenkitzel, ihre eigene Chefin zu sein.

Sie müsste nur herausfinden, wie sie alles unter einen Hut bringen konnte.

BRAD VERBRACHTE den Morgen Seite an Seite mit Tasha im Wohnzimmer, beide auf ihre jeweiligen Laptops konzentriert.

Für manche mochte das langweilig oder völlig gewöhnlich erscheinen. Aber für ihn war es genau das, was er wollte. Denn es bedeutete, dass Tasha Zeit mit ihm außerhalb des Schlafzimmers verbringen wollte. Das Frühstück war der erste Schritt gewesen, aber jeder kleine Zuspruch machte seinen Entschluss nur stärker.

Sein Drache meldete sich. *Gut. Ich bin vielleicht nach gestern Abend etwas besser drauf, aber ich bin immer noch ungeduldig. Ich will unsere Gefährtin beanspruchen. Also mach vielleicht mehr, als nur hier zu sitzen und auf einen Bildschirm zu starren.*

Wir müssen beide unsere Arbeit erledigen, Drache. Außerdem, hättest du gern eine Gefährtin, die ständig deine Aufmerksamkeit fordert, egal, was erledigt werden muss? Das ist nur ein weiterer Beweis, dass Tasha gut für uns ist.

Sein Tier grunzte. *Wenigstens bist jetzt du derjenige, der mich von ihr überzeugt. Nimm dir nur nicht zu lange Zeit, um die Person zu überzeugen, die wirklich zählt – Tasha.*

Das werde ich, nachdem ich meine Pflichten erledigt habe.

Während sein Drache sich zusammenrollte, um wieder zu schlafen – innere Drachen hatten wenig Geduld für triviale menschliche Dinge wie E-Mails oder das Tippen von Berichten – verlor Brad das Zeitgefühl. Doch als die Türklingel läutete, fragte er sich, wer das sein könnte.

Er stand auf und bedeutete Tasha, sich nicht zu rühren. „Ich denke nicht, dass etwas Gefährliches einfach an meine Haustür spazieren würde, aber lass mich sicher gehen."

Sie nickte. „Obwohl wir für die Zukunft einen Baseballschläger für mich besorgen müssen, den ich, wenn nötig, nehmen kann. Nur für den Fall, dass du Hilfe brauchst."

Die Tatsache, dass seine Menschenfrau an seiner Seite gegen einen Feind kämpfen wollte, ließ Zustimmung durch seinen Körper fluten. „Das werden wir. Vielleicht sogar heute noch. Aber für jetzt, warte hier."

Da Brad kein ausgefallenes Sicherheitssystem hatte – etwas, das er bald beheben würde –, ging er zur Tür und schaute durch den Spion. Auf der anderen Seite stand die große, dunkelhaarige Gestalt von Ashley Swift. „Was macht sie denn hier?", murmelte er, während er die Tür öffnete.

Er kam nicht dazu, auch nur ein Wort zu sagen, ehe die ADDA-Mitarbeiterin ihn anlächelte und sagte: „Schön, dich auch zu sehen, Brad. Wo ist Tasha?"

Er runzelte die Stirn. „Stimmt etwas nicht?"

„Eigentlich ist alles in Ordnung. Aber ich muss unter vier Augen mit Tasha über einige der feineren Details ihres Hierbleibens sprechen."

Er musterte die Menschenfrau, genervt, dass sie so leicht lächeln konnte, wenn sie offensichtlich Geheimnisse bezüglich seiner Gefährtin hatte. „Das klingt, als stimmte doch etwas nicht."

Ashley hob eine Augenbraue. „Du erinnerst dich, dass ich mit einem Drachenclanführer gepaart bin, oder? Also wird der Versuch, einschüchternd zu wirken, bei mir nicht funktionieren, Brad."

Er seufzte und deutete zum Wohnzimmer. „Sie ist da drin."

„Danke", sagte Ashley, während sie direkt an ihm vorbeistürmte.

Anscheinend hatte das Paaren eines Drachenwandlers Ashleys Methoden überhaupt nicht verändert – sie war stur und kühn, wie immer.

Sein Drache sagte: *Es ist gut, dass sie sich wie immer verhält. Wenn nicht, wäre ich tatsächlich besorgt.*

Nachdem er die Tür geschlossen hatte, ging er ins Wohnzimmer. Doch Ashley drehte sich zu ihm um und hob die Brauen. „Ich muss allein mit ihr sprechen. Ich schwöre bei meinem ungeborenen Kind, dass ich sie nicht entführen und wegbringen werde, Brad. Lass mich einfach versuchen, Tasha zu helfen."

Okay, das klang weniger ermutigend als zuvor.

Tasha begegnete seinem Blick. „Es ist okay. Du hast erwähnt, dass du sowieso ein paar Dinge im Sicherheitsgebäude zu erledigen hast. Und ich bin sicher, Ashley kann versprechen, bei mir zu bleiben, bis du zurück bist."

Ashley nickte. „Natürlich. Ich habe Wes überzeugt, mich den ganzen Tag bleiben zu lassen, also kein Problem."

Sein Drache murmelte: *Sie wird klarkommen. Wir müssen sowieso bei Jon nachfragen und sehen, ob etwas über Liga-Aktivitäten aufgetaucht ist.*

Brad warf einen letzten langen Blick auf seine

Gefährtin. „Okay, ich gehe. Aber versprich mir, dass du mein Handy anrufst, wenn du mich brauchst."

Tasha lächelte. „Das werde ich, ich verspreche es."

Und obwohl er bleiben und seine Gefährtin schützen wollte, wusste Brad, dass dies eine Art Test war. Tasha würde manchmal ihren eigenen Raum brauchen, und dies war sein Weg, es ihr zu beweisen.

Aber er konnte nicht widerstehen, zu ihr zu gehen, ihre Wange zu streicheln und zu murmeln: „Dann sehe ich dich heute Abend."

Sie legte ihre Hand über seine und drückte sie sanft. „Ich freue mich darauf."

Hitze blitzte in ihren Augen, und Brad unterdrückte kaum ein Stöhnen. Seiner Gefährtin zu widerstehen war eine der schwierigsten Dinge, die er je getan hatte.

Doch nach einer letzten Liebkosung ihrer Haut grunzte er und verließ sein eigenes Haus, um zum Beschützergebäude zu gehen. Zeit herauszufinden, ob es weitere Bedrohungen für seine Gefährtin gab oder nicht, damit er für jede Eventualität planen konnte.

TASHA WAR sowohl erleichtert als auch besorgt über Ashleys Ankunft. Obwohl ein vertrautes Gesicht willkommen war, hatte die ADDA-Mitarbeiterin nicht erwähnt, dass sie zu einem

Freundschaftsbesuch hier war, was wahrscheinlich bedeutete, dass etwas nicht stimmte.

Sobald Brad gegangen war, fragte Tasha: „Was ist los? Sag es mir einfach und beschönige nichts."

Ashley schnaubte. „Als würde ich das bei dir tun. Immerhin, wenn du den Barkeeper verärgerst, wer weiß, was später in deinem Drink landet. Vielleicht sogar eine Beilage aus Spucke und Kaffeesatz?"

In normalen Zeiten hätte Tasha was Passendes darauf erwidert und vielleicht ein paar Minuten mit Ashley gescherzt. Aber jetzt gab es Wichtigeres, worauf sie sich konzentrieren musste, also runzelte sie die Stirn und sagte: „Wenn ich überhaupt noch eine Bar zu führen habe, nach all dem."

Ashleys Gesicht wurde ernster, wie die festere Linie ihrer Lippen zeigte. „Das ist mit ein Grund, warum ich hier bin, Tasha. Egal, was ich tue, das ADDA lässt sich nicht davon überzeugen, dass du deine Bar von StoneRiver aus führen kannst – sie bleiben bei einem harten Nein. Allerdings denke ich, dass ich einen Kompromiss habe, der vielleicht funktionieren könnte."

Tasha schob ihre Enttäuschung über den ersten Teil von Ashleys Worten beiseite – sie würde sich später mit der harten Wahrheit auseinandersetzen – und konzentrierte sich auf den zweiten Teil. „Und der wäre?"

„Zuerst lass mich betonen, dass es die Zustimmung von David Lee erfordert. Aber vorausgesetzt, er stimmt dem Plan zu und

StoneRiver gibt dir ein kleines Stück ihres Landes, um einen neuen Laden aufzubauen – eine Bar am Rand ihres Gebiets, die nicht zu weit von der Stadt Truckee entfernt ist oder sogar für entschlossene Leute aus Reno – dann würde das ADDA dir erlauben, sie zu eröffnen und sowohl Menschen als auch Drachenwandler zu bedienen. Ich bin sicher, es könnte sogar einen Landeplatz für Drachen aus anderen Clans geben. Es wird eine Art Experiment für sie sein, um zu sehen, ob es tatsächlich hilft, Menschen und Drachenwandler zusammenzubringen, oder nicht, da es auf Drachenwandler-Land wäre. Außerdem wird das ADDA alles überwachen, nicht die lokalen menschlichen Politiker oder Regierungen."

Während Tasha nichts lieber hätte, als dass einige ihrer entschlossenen Stammgäste ihre neue Bar vielleicht ab und zu besuchten, oder die Möglichkeiten, was sie alles mit einer vollständig integrierten Bar tun könnte, war Tasha zu rational, um vor Freude in die Luft zu springen. „Ein Teil von mir ist begeistert, es zu versuchen. Aber was sagt mir, dass nicht die gleiche Sache mit der Liga wieder passiert? Sie könnten einfach meinen neuen Laden angreifen."

Ashley nickte. „Ich habe daran gedacht, vertrau mir. Aber wenn du sowohl StoneRiver als auch PineRock auf deiner Seite hast, könnte die Liga es sich zweimal überlegen. Meine Meinung ist, dass die Liga-Idioten in den letzten Jahren mutiger mit ihren Aktionen geworden sind, einfach weil keine neuen

Allianzen zwischen den vier Drachenclans im Großraum Tahoe geschmiedet wurden. Aber wenn wir zwei Clans dazu bringen, einer Allianz zuzustimmen, und vielleicht andeuten, dass wir mehr wollen, könnte das die Liga etwas vorsichtiger machen. Immerhin, zwei Clans voller Drachenwandler zu verärgern, ist etwas abschreckender."

Mit einer Drachenallianz, um den Schutz zu verstärken, könnte – vielleicht – alles klappen.

Die verbliebene Traurigkeit darüber, ihr Geschäft in Reno aufgeben zu müssen, verblasste, ersetzt durch leichte Vorfreude. Wenn Tasha ihren eigenen Laden erschaffen– vom Design an aufwärts – und absichtlich planen könnte, wie man ihn führte, sodass er sowohl Menschen als auch Drachenwandler ansprach, konnte sie Neuland betreten. Zumindest lokal, da Tasha keine Ahnung hatte, wie die Dinge in anderen Teilen des Landes funktionierten.

Aber ein solcher Ort – Bar oder sonstiges – war noch nie von Grund auf so geschaffen worden. Das ADDA rekrutierte normalerweise bestehende Geschäfte.

Was die Möglichkeiten endlos machte.

Sie war jedoch auch praktisch und brauchte mehr Informationen, bevor sie ihre Hoffnungen zu hochschraubte. „Das klingt zwar alles toll, aber du hast gesagt, dass David dem Plan zuerst zustimmen muss. Was passiert, wenn er es nicht tut?"

Ashley wedelte abweisend mit der Hand. „Ich

vermute, dass er es tun wird. Wes denkt, dass David eine Allianz mit PineRock eingehen will, also wird dies alles beschleunigen. Und bevor du sagst, ich sei zu optimistisch: Es gibt andere Möglichkeiten. David hat zum Beispiel keine Gefährtin und will vielleicht eine. Wenn ja, wird die Eröffnung eines ganz neuen Clans, mit der Möglichkeit gegenseitiger Besuche und zu sehen, ob er dort seine wahre Gefährtin finden kann, wahrscheinlich ansprechend sein."

Sie hob die Brauen. „Du bist offensichtlich glücklich, einen Gefährten zu haben, aber vielleicht will David keine oder ist noch nicht bereit. Ich weiß, dass ich bis vor Kurzem nicht daran gedacht habe, mich niederzulassen."

Ashley zuckte mit den Schultern. „Manchmal ist es das Unbekannte, das dich davon abhält, dich da draußen zu präsentieren. Für dich war es die Angst, die Kontrolle über dein Geschäft zu verlieren. Für meinen eigenen Gefährten – und mich selbst – war es die Angst, die Fähigkeit zu verlieren, Drachenwandlern zu helfen. Aber weißt du was? Am Ende hat es tatsächlich besser funktioniert, und sobald wir das gesehen haben, sind die Vorbehalte einfach dahingeschmolzen. Ich vermute, David ist genauso. Drachen wollen im Allgemeinen eigene Familien. Also, wenn er sich zurückhält, gibt es einen Grund, den ich noch nicht kenne."

Tasha schnaubte. „Und doch habe ich das Gefühl, dass du es dir zur Aufgabe machen wirst, herauszufinden, ob es einen bestimmten Grund für sein Single-Dasein gibt."

Ashley grinste. „Natürlich. Ich bin jetzt eine Verbindungfrau und muss sicherstellen, dass mein Clan mit anderen auskommt."

Tasha nickte. „Dann sprich so schnell wie möglich mit David und lass mich seine Antwort wissen. Es könnte meine Entscheidung über Brad ein wenig erleichtern."

Ashley suchte ihre Augen. „Ist alles in Ordnung?"

Sie zögerte eine Sekunde und entschied dann: Was soll's. Wenn jemand es verstehen würde, dann Ashley. „Sein Drache wird ungeduldig. Und auch wenn Brad alles tut, um ihn zu beruhigen, denke ich, dass ich bald eine Entscheidung über den Rausch treffen muss."

Die andere Frau neigte den Kopf. „Und wenn David der Bar-Idee zustimmt, wie wird das helfen?"

Erleichtert, dass sie endlich einige ihrer Gedanken aussprechen konnte, antwortete sie: „Nun, wenn Brad es unterstützt, dann werde ich hoffnungsvoller in die Zukunft blicken und wahrscheinlich dem Rausch zustimmen. Wenn Brad es mir verbieten will – obwohl ich klug und sicher vorgehen werde, ich bin kein Idiot –, dann kann ich mir keine glückliche Zukunft mit ihm vorstellen. Ich will zwar eines Tages eine Familie, aber ich will mehr als nur Mutter zu sein. Sonst werde ich unglücklich sein."

Ashley nahm ihre Hand und drückte sie. „Nun,

dann sollten wir besser so schnell wie möglich mit David sprechen und das alles klären, oder?"

„Was ist mit Brad? Ich soll hierbleiben. Wenn es keine mögliche Bedrohung für mein Leben gäbe, würde ich nicht einfach Ja dazu sagen, eingesperrt zu sein. Aber es besteht die geringe Möglichkeit, dass die Gefahr mich finden könnte, und ich vertraue seinem Urteil, wenn es um meine Sicherheit geht."

Ashley zuckte mit den Schultern. „Ich habe gesagt, ich würde dich nicht entführen und dass ich bei dir bleibe, also halte ich mein Versprechen. Außerdem besuchen wir den Clanführer, was einer der sichersten Orte auf StoneRiver ist. Und wenn irgendein Liga-Arschloch es schaffen würde, sich auf den Clan zu schleichen, habe ich das hier." Die andere Frau hielt etwas hoch, das wie eine Art Taser aussah. Ashley fuhr fort: „Es ist zum Schutz, besonders da ich noch in den frühen Stadien meines Selbstverteidigungstrainings bin. Alles Dinge, die du auch tun musst, da bin ich sicher. Vielleicht können wir sogar ein wöchentliches Treffen für Menschen starten. So können wir uns austauschen und gleichzeitig die Drachenhälften unserer Gefährten besänftigen, da wir mehr tun, als zu reden – wir lernen, uns zu verteidigen."

Der Gedanke, regelmäßig mit anderen Menschen sprechen zu können, die mit Drachenwandlern gepaart waren, beseitigte ein wenig Tashas Zweifel, ob sie in StoneRiver bleiben sollte. „Das würde mir gefallen." Sie musterte den

Taser und entschied, dass er für einen kurzen Spaziergang gut genug war. Also stand Tasha auf. „Dann lass uns mit David sprechen. Ich mag es nicht, auf die Zukunft zu warten, und ich kann nichts planen, bis wir eine Antwort haben."

Ashley lachte. „Ich mag dich immer mehr, Tasha. Ich habe im Laufe der Jahre mit vielen Menschen über Drachenwandler gesprochen – ich habe eine Weile die jährliche Lotterie geleitet –, und die meisten haben eine Art Märchenansicht. Aber die Welt braucht mehr praktische Menschen. Immerhin bringen Muskeln und toller Sex dich im Leben nur bis an einen bestimmten Punkt."

Und so verließen die beiden die Hütte und machten sich auf den Weg zu Davids Büro. Tasha beschwerte sich nicht, als sie fast joggen musste, um mit der ADDA-Mitarbeiterin Schritt zu halten. Ihre Zukunft war so nah dran, sich auf eine gute Weise zu ändern, und Tasha konnte es nicht erwarten, alles in Gang zu bringen.

Kapitel Zehn

Brad hatte gehört, dass Tasha und Ashley David besucht hatten, aber sein Chef hatte ihn davon abgehalten, hinüberzurennen und in das Treffen zu platzen. Jon hatte gesagt, das sei eine Sache zwischen David und Tasha, und so war Brad gezwungen gewesen, sich auf andere Dinge zu konzentrieren, bis sein Arbeitstag zu Ende war.

Aber jetzt war sein Tag vorbei, und als er nach Hause ging, wohin, so war ihm versichert worden, Tasha sicher zurückgekehrt war, kostete es ihn alles, nicht zu seinem Haus zu rennen.

Warum hatte sie mit David sprechen müssen? Hatte sie eine Entscheidung über den Rausch getroffen? Oder ging es um ihr Geschäft? Etwas völlig Unabhängiges?

Obwohl er noch nicht lange mit Tasha gepaart war, wollte er umso mehr über sie wissen, je mehr Zeit er mit ihr verbrachte.

Sein Drache meldete sich. *Hör auf zu grübeln und geh schneller. Ich hab' keine Ahnung, warum du nicht rennst.*

Ich versuche, lässig zu wirken.

Sein Tier schnaubte. *Typisch menschlich!*

Brad beschleunigte seinen Schritt ein wenig und war innerhalb von Minuten durch seine Haustür und rief Tashas Namen.

Ihre Antwort kam aus der Küche, also ging er hinein. Tasha saß mit Ashley am Tresen, beide nippten an Tee und aßen Kekse.

Vielleicht sollte er gelassen sein, aber scheiß drauf. Brad fragte: „Worüber musstest du mit David sprechen?"

Ashley schnalzte mit der Zunge. „Da ist aber jemand fordernd."

Er knurrte, aber Tasha antwortete, bevor er etwas sagen konnte. „Sei nett zu Ashley. Sie hatte einen Vorschlag, und wir sind zu David gegangen, um darüber zu sprechen. Und bevor du wieder knurrst, beruhige dich und komm näher, damit wir nicht so durch die Küche schreien müssen."

Sobald er dem Paar gegenüberstand, fuhr Tasha ohne Aufforderung fort. „Wenn ich hier lebe, erlaubt das ADDA mir nicht, weiter meine Bar in Reno zu führen."

Ein kleines Gefühl von Furcht erfüllte Brads Magen, aber er schaffte es, es tief in sich zu verbergen. „Also darum ging es in deinem Gespräch mit David?"

Sie zuckte mit einer Schulter. „So in etwa. Ashley hatte einen Vorschlag: Wenn David mir erlaubt, auf einem kleinen Stück Land zu bauen, könnte ich am Rand von StoneRivers ein Lokal für Menschen und Drachenwandler aufbauen. Und bevor du fragst: Er hat zugestimmt. Es gibt noch einige feinere Details bezüglich der Allianz mit PineRock zu klären, aber sobald ich meinen Laden in Reno verkaufen kann, kann ich hier mit meinem Projekt anfangen."

Er platzte heraus: „Also wirst du bleiben?"

Tasha lächelte, und der Anblick ließ ihn ein wenig entspannen. „Das hängt davon ab. Wirst du sagen, dass ich keine Bar führen darf, weil du weißt, dass es Ärger geben könnte?"

Er starrte seine Gefährtin an und nahm ihre neugierigen braunen Augen und die leichte Anspannung in ihren Muskeln wahr.

Selbst wenn er nicht darauf trainiert gewesen wäre, Körpersprache zu lesen, hätte Brad gewusst, dass seine Antwort alles entscheiden würde.

Sein Tier murmelte: *Dann sei jetzt kein Arschloch deswegen.*

Er antwortete Tasha vorsichtig. Er musste ehrlich sein, ohne sie zu verscheuchen. „Ich kann nicht sagen, dass ich mir nie Sorgen machen werde. Und ich plane, weiterhin Teilzeit-Sicherheitsmann zu sein, wie zuvor. Allerdings vertraue ich darauf, dass du klug vorgehst und auf das hörst, was die Beschützer und das ADDA über Sicherheit und Vorsichtsmaßnahmen sagen. Also werde ich dich natürlich nicht aufhalten."

Sie schmunzelte breit. „Ich mag diese Antwort."

Aber dann zogen sich ihre Brauen einen Moment zusammen, und sie fügte hinzu: „Aber du änderst besser nicht irgendwann deine Meinung, Brad. Denn wenn wir den Rausch haben und ich schwanger bin, werde ich nicht ans Haus gefesselt sein, es sei denn, ein Arzt hält das für notwendig. Ich will weiter an allem arbeiten. Kannst du damit umgehen?"

Seine Drachenhälfte wollte eine schwangere Gefährtin nirgendwo in der Nähe von Ärger haben, selbst wenn es nur eine kleine Möglichkeit war.

Und doch wusste Brad, dass er stark genug war, um rational mit seinem Tier zu reden und es zu überzeugen.

Sein Drache seufzte. *Ich bin nicht so überfürsorglich.*

Das sagst du jetzt, aber du wirst schlimmer, sobald sie unser Kind trägt.

Vielleicht. Aber ich würde nichts tun, um sie zu vertreiben. Das kann ich zumindest versprechen.

Tashas Stimme hinderte ihn daran zu antworten. „Also? Was hat Mr. Drache dazu zu sagen?"

Ohne sich darum zu scheren, dass Ashley da war, ging er auf die andere Seite der Theke an Tashas freie Seite und berührte sanft ihre Wange. „Er ist bereit, daran zu arbeiten. Aber ich verspreche dir, dass ich dafür sorgen werde, dass er es akzeptiert."

Sie legte eine Hand an seine Brust, und er platzierte sofort seine freie Hand über ihre, denn er wollte nicht, dass sie sich wegbewegte. Er fragte: „Also? Was bedeutet das alles für uns?"

Tasha lächelte. „Ich denke, es bedeutet, dass wir alles in Ordnung bringen müssen, damit du mich endlich auf die Lippen küssen kannst, Mr. Harper."

Erleichterung gemischt mit Vorfreude durchströmte seinen Körper. „Also wirst du meine Gefährtin in jeder Hinsicht sein?"

„Ja, solange du auch meiner wirst. Das ist eine gleichberechtigte Situation. Also solltest du deinem Drachen das jetzt besser klarmachen."

Ashley schnaubte, und es kostete Brad alles, nicht zu bellen, dass sie gehen solle. Die andere Menschenfrau sagte: „Gut gemacht, Tasha. Und ich denke, das ist mein Stichwort zu gehen. Ruf mich später an, okay?"

Seine Gefährtin nahm ihren Blick nicht von seinem. „Werde ich."

Ashley ging schnell und ließ sie allein. Obwohl er lediglich Tashas Wange berührte, während sie ihre Hand an seiner Brust hatte, brannte sein ganzer Körper für sie.

Seine wahre Gefährtin wäre bald in jeder Hinsicht wirklich die seine.

Sie murmelte: „Also, was müssen wir tun, bevor du mich küssen kannst? Jetzt, wo ich die Entscheidung getroffen habe, bin ich irgendwie ungeduldig, loszulegen."

Ihre Lippen waren so nah, nur wenige Zentimeter entfernt, und es kostete ihn alles, nicht den Abstand zu überwinden, um ihren süßen Mund zu kosten. „Ich muss David und Jon Bescheid geben. Dann sind es nur ein paar kleine Dinge – wie das Einrichten einer regelmäßigen Essenslieferung während des Rausches –, und es liegt an dir, wann es endlich beginnt."

Sie stand auf und lehnte sich gegen seinen Körper, ihre Hand streichelte leicht seine Brust. „Dann fang jetzt an, es einzurichten. Sobald ich eine Entscheidung treffe, mag ich nicht warten. Und irgendwie denke ich, dass dein Drache bei diesem Ansatz mit an Bord ist."

Sein Tier summte. *Ja, ja! Ruf jetzt alle an! Dann können wir sie innerhalb der nächsten paar Stunden beanspruchen.*

Brad streichelte Tashas Wange, genoss, wie weich ihre Haut war. „Du wirst ziemlich gut darin, meinen Drachen zu lesen."

Sie lächelte zu ihm hoch. „Als Barkeeperin musste ich eine Art Beobachterin sein, da ich immer im Voraus erahnen musste, ob etwas schiefgeht. Und jetzt? Nun, diese Fähigkeit hilft mir definitiv, die zwei Seiten von dir herauszufinden."

Sein Drache grunzte. *Warum hast du David oder Jon noch nicht angerufen? Hör auf, Zeit zu verschwenden.*

Gib mir eine Sekunde.

Ich habe dir Tage gegeben, also hör auf, herumzutrödeln.

Brad seufzte laut und sagte zu Tasha: „Ich sollte besser Jon und David anrufen, bevor mein Drache versucht, die Kontrolle zu übernehmen. Er wird es irgendwann, wie du weißt, aber ich will, dass das erste Mal meines ist."

Tasha nahm ihr Handy vom Tresen. Ihre Stimme war heiser, als sie sagte: „Dann ruf sie an. Ich bin fast so ungeduldig wie dein Drache."

Während sie ein wenig gegen ihn wackelte, hielt Brad den Atem an, als Blut in seinen Schwanz schoss. „Mach weiter so, und ich werde gar nichts erledigen können."

Sie lachte. „Okay, okay. Behalte das einfach als deine Motivation im Kopf." Sie trat zurück, und er zog sie fast wieder an seinen Körper. „Kein Berühren mehr, bis alles eingerichtet ist. Deal?"

Er holte sein eigenes Handy aus der Tasche und wusste, dass David und Jon sofort abnehmen würden, wenn sie seine Nummer sahen, egal was gerade los war. „Deal. Gib mir jetzt ein bisschen Raum, um den Kopf freizubekommen, damit ich mich konzentrieren kann."

„Ich mache dir einen besseren Vorschlag: Ich warte oben in deinem Zimmer. Ich muss selbst ein paar schnelle Anrufe machen – ich habe schon vorhin die meisten meiner Mitarbeiter angerufen, also ist die Bar-Seite der Dinge erledigt – und mich für dich fertig machen."

Als Tasha wegging, knurrte er fast über das Schwingen ihrer Hüften.

Bald, ganz bald, würde sie endlich die seine sein.

Und so machte sich Brad an die Arbeit, alles für die Dauer des Rausches einzurichten.

Erst als das erledigt war, ging er auf die Suche nach seiner Gefährtin, entschlossen, sie in jeder Hinsicht als die seine zu beanspruchen.

Kapitel Elf

Tasha versuchte, nicht wie ein Tiger im Käfig auf- und abzugehen, während sie auf Brad wartete.

Sie bereute ihre Entscheidung nicht, aber es war dennoch etwas nervenaufreibend. Immerhin konnte das, was ihr über einen Drachenwandler-Rausch erzählt worden war, niemals mit der Realität verglichen werden.

Dennoch hatte sie Dinge, die sie beim Warten ein wenig ablenkten. Selbst jetzt, wo sie fast ganz nackt und nur in einen Bademantel gehüllt war und darauf wartete, dass ein sexy Drachenmann sie beanspruchte, summte ihr Verstand vor Ideen über ihr neues Geschäft. Es würde mehr als eine Bar sein – sie wollte auch einen ausgewiesenen Essbereich. Und vielleicht könnte sie an bestimmten Tagen Familienveranstaltungen draußen neben dem Landeplatz abhalten.

Eine ihrer derzeitigen Angestellten in Reno hatte sogar erwähnt, dass sie weiterhin für Tasha arbeiten wollte. Und obwohl sie auch einige Drachen einstellen wollte, war es ein Anfang.

Sie war so in Gedanken über Layouts und Veranstaltungen versunken, dass sie leicht zusammenzuckte, als die Tür endlich aufging. Brad stand in der Tür, nur in seinen Jeans, starrte sie mit seinen blitzenden Drachenaugen an, und sie vergaß Architektur und Speisekarten. Ihr Gefährte war kurz davor, sie zu beanspruchen.

Sie räusperte sich und fragte: „Hast du alles erledigt?"

Er grunzte. „Ja. Meine Schichten sind abgedeckt, Essen wird geliefert, und alle sind sich dessen bewusst, was gleich passieren wird."

Obwohl sein sexy Blick sie auf eine gute Weise erschaudern ließ, konnte Tasha nicht anders, als ihn zu necken. „Ich hoffe doch, dass das nicht bedeutet, dass intime Details weitergegeben werden."

„Nein. Du bist mein und nur mein, Tasha. Ich werde dich nicht teilen."

Sie schluckte bei seinen Worten, ihre Knie wurden weich. „Und was jetzt?"

Er trat einen Schritt näher, und dann noch einen, ihr Herz donnerte mit jedem Zentimeter mehr, den er näherkam.

Als Brad vor ihr stand, fühlte sich ihr Bademantel plötzlich zu eng, zu einengend, verdammt nochmal im Weg an.

Und dann zeichnete er leicht ihre Wange nach, ihren Hals hinab und dann zum Ausschnitt ihres Bademantels. „Bevor irgendetwas anderes passiert, muss ich sicherstellen, dass du weißt, wie das funktioniert."

Sie nickte. „Ashley hat mir alles erzählt, mit vielen Details. Ich weiß, dass deine Drachenhälfte manchmal herauskommen wird und sich ausschließlich darauf konzentrieren wird, mich zu schwängern."

Brad fuhr mit seinem Daumen zu ihrer Wange und dann zu ihrer Unterlippe. Während er sanft hin und her strich, ließ Tasha einen Atemzug entweichen. Brads heisere Stimme sagte: „Gut. Dann werde ich dich jetzt küssen, es sei denn, es gibt einen Grund für dich, Einwände zu erheben."

Während ihre Lippen vor Vorfreude pochten, murmelte sie: „Du solltest dich verdammt nochmal beeilen."

Ein Mundwinkel zuckte eine Sekunde nach oben, bevor er seine Gesicht näher an ihres brachte. Sein heißer Atem tanzte gegen ihre Lippen, als er sagte: „Wie meine Gefährtin wünscht."

Und innerhalb der nächsten Sekunde streiften seine festen, warmen Lippen ihre einmal, zweimal und blieben dann endlich. Er knabberte an ihrer Unterlippe, und sie öffnete sofort ihren Mund, seine Zunge glitt hinein. Tasha stöhnte und klammerte sich an ihn, während er langsam ihren Mund erkundete, leckte, kostete, sie wissen ließ, dass er sie wollte.

Eine seiner Hände glitt unter ihren Bademantel und umfasste ihren Hintern. Sie presste ihre Hüften gegen seine, die harten Umrisse seines Schwanzes ließen sie nach mehr als nur einem Kuss verlangen.

Seine Hand bewegte sich zwischen ihre Schenkel, und sie spreizte sie weiter und keuchte, als sein Finger mit ihrer Öffnung spielte. Brad murmelte: „Schön feucht für mich. Gut. Denn mein Drache wird sich nicht mehr lange zurückhalten."

Wegen Brads verruchter Finger kostete es sie alles, ihre Worte zusammenzufügen. „Warum mich dann warten lassen? Ich weiß, dass Drachenhälften sich nur auf den Sex konzentrieren, und ich bin fürs Erste damit einverstanden."

Er schob langsam einen Finger in sie hinein, und sie keuchte. Brad sagte: „Ich bekomme das erste Mal, und ich werde verdammt nochmal sicherstellen, dass meine Frau bereit ist."

Während er in sie hinein- und herausglitt, nahm Tasha wieder seine Lippen, musste ihn kosten, während er sie heißer machte.

Er knurrte und streichelte ihre Zunge, während er sein Tempo erhöhte. Auch wenn Tashas Beine drohten, nachzugeben, lehnte sie sich zur Unterstützung an ihren Gefährten, genoss seine Härte gegen sich.

Brad unterbrach schließlich den Kuss und zog seinen Finger heraus. Sie knurrte frustriert. „Wage es ja nicht, aufzuhören."

Er löste den Bademantelgürtel an ihrer Taille. „Beruhige dich, Liebes. Ich will, dass wir beide nackt sind, damit ich deinen Orgasmus um meinen Schwanz spüren kann."

Ungeduldig riss Tasha ihren Bademantel herunter und ging zum Bett. „Beeil dich, Brad."

Seine Augen blitzten ununterbrochen, während er seine Jeans auszog und auf sie zuging, wobei sein harter Schwanz vor seinem Körper vorragte.

Tasha würde während des Rausches vielleicht keine Chance bekommen, aber sie leckte sich die Lippen bei dem Gedanken, ihn in ihren Mund zu nehmen und ihn so verrückt zu machen, wie er es gestern mit ihr getan hatte.

Brads Stimme klang ein wenig angespannt, als er sagte: „Verdammt, Tasha, ich werde nicht durchhalten, wenn du weiter meinen Schwanz anstarrst und deine süßen Lippen so leckst."

Sie begegnete seinem Blick und lächelte langsam. „Da du, wenn du in mir kommst, mich zum Orgasmus bringst, bin ich nicht allzu enttäuscht." Sie spreizte ihre Beine weit und legte die Arme über ihren Kopf. „Beanspruche mich, Drachenmann. Ich bin bereit."

BRAD KONNTE IMMER NOCH NICHT GLAUBEN, dass seine schöne Gefährtin nackt in seinem Bett lag und auf ihn wartete.

Sein Drache knurrte. *Glaub es und beanspruche sie. Sie ist unsere. Ich will sie. Wenn du nicht handelst, übernehme ich die Kontrolle.*

Da sein inneres Tier ihn in den Wirren eines Gefährtenrauschs durchaus überwältigen konnte, kroch Brad langsam aufs Bett, bis er auf allen Vieren über Tasha war. Alles an ihr war für ihn perfekt – von ihren ausdrucksstarken Augen über ihre kleinen Brüste bis zu ihren ausladenden Hüften.

Und jetzt würde er ihr mit Taten zeigen, wie sehr er sie wollte.

Brad ließ sich auf ihren Körper hinab und unterdrückte ein Zischen, als sein Schwanz gegen ihre warme Haut drückte.

Tashas heisere Stimme erreichte seine Ohren. „Dein Mini-Drache ist noch nicht nah genug."

Er blinzelte. „Mini-Drache?"

Sie grinste. „Dein Schwanz."

„Oh nein, nein. Wir geben keine Spitznamen."

Sie fuhr mit einer Hand seinen Rücken hinunter und wieder hinauf und grub dabei leicht ihre Nägel in seine Haut. „Je länger du wartest, desto mehr werde ich es versuchen. Wie wäre es mit Mr. Feuerspucker?"

Sein Drache knurrte. *Definitiv nicht. Klingt, als hätten wir irgendeine Krankheit. Lass sie nicht weitermachen. Fick sie schon.*

Brad ignorierte seinen Drachen, fuhr mit einer Hand Tashas Seite hinab und hob seine Hüften, sodass er ihre Pussy necken konnte. „Ich denke, es ist Zeit, dich das Reden vergessen zu lassen."

Bevor sie antworten konnte, nahm er ihre

Lippen in einem schnellen, rauen Kuss, während er gleichzeitig einen Finger in sie hineinschob.

Seine Gefährtin war so feucht und eng, und sein Schwanz wurde noch härter.

Es war Zeit, die Dinge nicht mehr langsam anzugehen.

Er stützte sich auf einen Arm und positionierte seinen Schwanz an Tashas Öffnung. Er begegnete ihrem glühenden Blick, seine Stimme rau in seinen eigenen Ohren, als er sagte: „Letzte Chance, einen Rückzieher zu machen."

Sie hob ihre Hüften, sodass ihre Hitze seinen Schwanz streifte. „Auf keinen Fall."

Sein Drache sagte: *Beeil dich, beeil dich! Du bist so nah. Ich will sie. Sie muss unser Junges tragen. Fick sie! Und dann ich, immer wieder.*

Brad drang langsam in Tasha ein und biss bei jedem langsamen Zentimeter die Zähne zusammen. „Du bist so eng."

„Ich kann dich aufnehmen, Brad. Vertrau mir, je voller, desto besser."

Seine Gefährtin hatte keinen Filter, und er liebte das an ihr.

Verdammt, er liebte so viele Dinge an ihr.

Und vielleicht war es zu früh, oder er sollte angesichts seiner Beziehungsgeschichte vorsichtiger sein, aber scheiß drauf. Er liebte Tasha.

Sobald der Rausch vorbei war, würde er es ihr noch mehr beweisen, bevor er es laut aussprach.

Sein Drache brüllte. *Hör auf zu denken und fang an zu stoßen!*

Brad füllte Tasha schließlich bis zum Anschlag, saugte einen ihrer Nippel in den Mund und neckte sie mit seiner Zunge, während er seine Hüften langsam bewegte.

Ihre Nägel gruben sich in seine Kopfhaut, und sie bewegte ihre eigenen Hüften schneller und schneller.

Sein Drache summte. *Ja, ja. Gib ihr mehr! Akzeptiere die Drachenseite und fick sie schnell!*

Brad ließ ihren Nippel los, begegnete Tashas Blick und hielt ihn, während er härter stieß und dafür sorgte, dass er ihre Klitoris rieb, während er weitermachte und wollte – nein, es brauchte –, dass sie kam, noch bevor er es tat.

Sein Drache meldete sich. *Warte nicht. Tu's nicht. Sie wird sowieso gleichzeitig mit uns kommen. Jetzt will ich. Beeil dich.*

Brad ignorierte sein Tier und bewegte seine Hüften schnell genug, dass das Geräusch von Fleisch, das auf Fleisch traf, die Luft erfüllte. Er hörte nicht auf, mit Tashas Klitoris zu spielen, während sie seine Schultern umklammerte. Selbst als sie ihre Nägel härter eingrub, knurrte er nur und erhöhte sein Tempo.

„Verdammt, ja, genau da, Brad. So nah."

Er drückte ihre harte Knospe, und Tasha schrie, als ihre Pussy seinen Schwanz molk. Der Druck ließ Brad kommen, und mit jedem Schwall seines Samens stöhnte Tasha lauter.

Als sie beide schließlich herunterkamen, brach er auf Tasha zusammen, achtete jedoch darauf, seine Arme zu benutzen, um sie nicht zu zerquetschen.

Nur ihre warme Nähe neben sich zu haben, während er immer noch in ihr war, war verdammt perfekt. Es gab keinen anderen Ort, an dem er lieber gewesen wäre, als genau hier bei seiner Gefährtin, der Frau, die er liebte und überzeugen wollte, seine Liebe zu erwidern.

Sein Drache brüllte. *Keine Zeit mehr für Denken, Planen oder menschlichen Mist. Jetzt bin ich dran. Ich will unsere Gefährtin.*

Brad schaffte es noch, herauszubringen: „Mein Drache kommt heraus", bevor sein Tier in den vorderen Bereich seines Geistes drängte und Brad hinter eine mentale Barriere setzte. Wenn er wirklich musste, konnte er sich befreien. Aber er wusste, dass sein Tier Tasha genauso sehr beanspruchen musste wie die menschliche Hälfte.

Also zog sein Tier ihn aus Tasha heraus, drehte sie auf den Bauch und hob ihre Hüften in die Luft. Die etwas tiefere Stimme seines Drachen sagte: „Du bist mein. Ich werde dich beanspruchen, immer wieder, bis du weißt, dass du die meine bist."

Tasha schaute über ihre Schulter und lächelte lediglich. „Keine Einwände hier."

Mit einem Brüllen tauchte sein Tier in ihre Pussy ein und stieß hart zu. Keine sanften Berührungen oder ein langsames Stimulieren mit seinem Drachen. Es war nur rohes Verlangen, Lust und ein treibendes Bedürfnis, sie zu füllen, bis sie ihr Kind trug.

Als sein Drache kam und Tasha mit einem weiteren Orgasmus aufschreien ließ, fand Brad seine Öffnung und übernahm wieder die Kontrolle.

Und so ging es weiter, Tag für Tag, mit kaum mehr als kurzen Pausen, während sowohl Mann als auch Tier ihr grundlegendstes Verlangen stillten, ihre Gefährtin wirklich zu beanspruchen.

Kapitel Zwölf

In den Wochen, nachdem Brad Tasha gesagt hatte, dass sie endlich schwanger war – etwas, das sie immer noch zu begreifen versuchte –, tat sie ihr Bestes, so viel wie möglich über Drachenwandler zu lernen, damit sie sich auf StoneRiver einfügen konnte.

Megan und eine der Lehrerinnen, mit denen sie zusammenarbeitete – Brianna – waren die Menschen, mit denen sie auf StoneRiver am meisten zu tun hatte. Ashley kam zu Besuch, wann immer sie konnte, und Tasha hatte sogar die zwei nicht-ADDA-bezogenen Menschen von PineRock kennengelernt, die mit Drachenwandlern gepaart waren: Ryan und Tori.

Alles in allem passte sie sich an. Heute war jedoch ein besonderer Tag, und sie konnte nicht anders, als im Wohnzimmer auf- und abzugehen, während sie darauf wartete, dass Brad die Treppe herunterkam.

Als er schließlich kam, gekleidet in einem Anzug ohne Krawatte, fiel ihr die Kinnlade herunter.

Ja, nackt war er köstlich. Aber etwas an der Passform des dunklen Anzugs machte ihn noch sexyer, wenn das überhaupt möglich war.

Er lachte leise. „Sabbere nicht auf dich selbst, Liebes. Wir haben keine Zeit, dass du dich umziehst, wenn wir pünktlich zur Grundsteinlegungszeremonie kommen wollen."

Richtig, die Zeremonie, die einen wahren Anfang ihres neuen Lebens signalisierte. Nun, zumindest einen weiteren, zusätzlich zu dem Drachenwandler-Ehemann und einem Halbdrachen-Baby in ihrem Bauch.

Sie schloss den Mund und räusperte sich. „Soll ich lieber so tun, als fände ich dich in diesem Outfit nicht unwiderstehlich?" Sie warf ihm einen ihrer heißen Blicke zu. „Denn es wäre schön, wenn du es nachher anbehältst und ich es dir langsam ausziehen kann."

Seine Augen blitzten schnell, und ein Mundwinkel zuckte nach oben. Es wurde immer einfacher, seinen Drachen zu provozieren, auf eine gute Weise natürlich. Vielleicht fanden manche die zwei Persönlichkeiten seltsam, aber ihr gefiel, wie es sie auf Trab hielt.

Tasha ging auf Brad zu, legte eine Hand an seine Brust und flüsterte in sein Ohr: „Brauchst du einen Moment, um das Biest zu zähmen, bevor wir ausgehen?"

Er seufzte. „Hör auf, meinen Schwanz das Biest zu nennen."

Sie lachte. „Es macht aber zu viel Spaß." Als sie sich zurücklehnte, um seinem Blick zu begegnen, bemerkte sie, wie seine Lippen zuckten, und fügte hinzu: „Außerdem magst du es, wenn ich dich necke. Je schneller du das akzeptierst und aufhörst, es zu leugnen, desto eher kannst du deine Retourkutschen verbessern."

Er lächelte, während er ihre Wange streichelte. „Ich arbeite daran."

„Mein Angebot steht immer noch – ich kann dir Nachhilfe darin geben."

„Ich warte nur auf den richtigen Moment, Tasha. Also, wenn ich zurückschlage, wirst du es wissen."

Sie grinste über das Versprechen in seinen Worten. Und während sie einander anstarrten, durchströmten Freude, Glück und etwas, das sie zurückzuhalten versucht hatte, ihren Körper.

Vor ein paar Tagen hatte sie erkannt, dass sie Brad liebte, aber sie hatte die Worte noch nicht gesagt. Teils, weil sie die Grundsteinlegung für ihr neues Geschäft nicht durch Spannungen zwischen ihnen ruinieren wollte, falls er nicht dasselbe empfand. Aber auch, weil sie wusste, dass er zuvor tief verletzt worden war, und sie nicht den Anschein erwecken wollte, dass sie ihn drängte.

Brad war der Erste, der sich bewegte, und er legte seine Hand über ihren Unterleib, eine Erinnerung daran, dass ein Teil von ihm und ein

Teil von ihr dort war, der Tag für Tag wuchs. Er murmelte: „Und denk dran, meine oberste Priorität ist es, dich und das Baby zu schützen. Witzige Bemerkungen werden keinen Feind verscheuchen. Sobald sich die Dinge beruhigen, kann ich ein wenig mehr entspannen."

Tasha wurde einen Moment ernster, legte ihre Hand über seine und drückte leicht zur Beruhigung. „Du kannst beides tun, Brad. Außerdem haben die Anwälte sich zurückgezogen, und es scheint, als hätte die Liga das auch. Für die bin jetzt schließlich beschädigte Ware. Also werden sie uns in Ruhe lassen."

Sie hatte bemerkt, dass, sobald eine Menschenfrau mit einem Drachenwandler-Kind schwanger war, die Liga ihre Bemühungen auf die Menschen lenkte, die noch „gerettet" und ins Licht geführt werden konnten.

Das war ihr recht.

Brad knurrte. „Du bist nicht beschädigt. Du bist verdammt perfekt."

Sie lächelte und legte ihre freie Hand an seine Wange. „Du bist so viel süßer, als du die meiste Zeit zeigst." Er grunzte nur, und sie konnte nicht anders, als ihm einen schnellen Kuss zu geben. „Es ist okay, du darfst ruhig süß zu mir sein. Ich werde niemandem von der gelben Rüschenschürze erzählen. Für die Welt kannst du der große toughe Typ sein."

Brad zog sie an seinen Körper und berührte ihre Wange mit einer Hand. „Deine Meinung zählt am meisten. Ich will mich nie vor dir verstecken, Tasha Jenkins. Ich liebe dich und werde jeden Tag kämpfen, um dir zu zeigen, wie sehr ich das tue."

Ihr Herz setzte einen Schlag aus. Hatte er das wirklich gerade gesagt? „Du liebst mich?"

Er hielt sie noch fester an sich. „Ja, tue ich. Und wenn ich es dir immer wieder beweisen muss, bis es unbestreitbar ist, dann werde ich das tun. Du bist meine Gefährtin und meine Zukunft, Tasha. Ich liebe dich."

Brads Worte waren genau das, was sie hören musste. „Ich liebe dich auch, Brad. Ich weiß, es war überstürzt, und vor drei Monaten hast du kaum zwei Worte mit mir gesprochen, aber so viel hat sich geändert. Wir ergänzen einander, denke ich. Und ich habe noch nie jemandem so sehr vertraut wie dir. Der Gedanke, an deiner Seite zu sein, unser Kind aufzuziehen und zuzusehen, wie wir die Beziehungen zwischen Menschen und Drachen in unserer Bar und unserem Restaurant fördern, ist einfach perfekt. Ich liebe dich."

Mit einem Knurren nahm er ihre Lippen in einem rauen Kuss, seine Zunge glitt hinein und eroberte langsam ihren Mund. Tasha klammerte sich an ihn und erwiderte seinen Kuss, während die beiden darum rangen einander zu zeigen, wer den anderen mehr liebte.

Was perfekt war und genau so, wie ihr Leben sein würde. Und Tasha würde es nicht anders wollen.

Epilog

Weniger als ein Jahr später

Brad betrachtete seine schlafende Tochter an seiner Schulter und war erstaunt, dass sie trotz der Eröffnungsfeier immer noch schlief.

Es war fast so, als wüsste sie, wie wichtig dieser Tag für ihre Mutter war, und ihn nicht ruinieren wollte.

Sein Drache schnaubte. *Sie ist kaum drei Monate alt. Ich bezweifle, dass sie sich für mehr als um Essen, Schlafen und in die Windeln machen interessiert.*

Nur weil sie nicht sprechen kann, heißt das nicht, dass sie nichts spüren kann. Jedes Kind von Tasha wird außergewöhnlich sein.

Er strich leicht über Mias Wange und lächelte. Früher hätte er nie gedacht, dass er Vater werden, geschweige denn eine Gefährtin haben würde. Und jetzt? Er konnte sich ein Leben ohne seine beiden Frauen nicht vorstellen.

Und obwohl die Drachenwandler-Populationen überwiegend männlich waren, würde er vielleicht bald noch eine Tochter haben. Er und Tasha hatten darüber gesprochen, zu versuchen, ein weiteres Kind zu haben, sobald ihre Bar und ihr Restaurant richtig liefen.

Sein Drache meldete sich. *Nun, es eröffnet heute. Außerdem hatten wir die zweimonatige Pause nach der Geburt und müssen das definitiv nachholen. Also sollten wir vielleicht ein bisschen mehr üben, damit wir, wenn wir keine Verhütung mehr brauchen, gleich einen Volltreffer landen können.*

Brad seufzte mental. *So funktioniert das nicht, und das weißt du.*

Trotzdem heißt das nicht, dass wir nicht ein bisschen mehr üben können, nur so zum Spaß.

Glücklicherweise tippte Tasha auf das Mikrofon vor dem Barbereich und hinderte ihn daran, seinem Tier zu antworten.

Mia bewegte sich ein wenig und passte ihre Position an die Stimme ihrer Mutter an, wachte aber nicht auf.

Tashas Stimme kam über die Lautsprecher. „Ich möchte allen danken, dass sie heute gekommen sind, um die große Eröffnung der Butterfly Bar und Grill zu feiern – der Schmetterling ist ein Symbol für Wandel und Transformation, was ich hoffe, hier zu erreichen. Es war wirklich ein Gemeinschaftsprojekt von Menschen und Drachenwandlern, diesen Ort zum

Laufen zu bringen. Und in gewisser Weise ist das perfekt, weil es mein Ziel ist, dass wir uns besser kennenlernen. Nicht nur Menschen und Drachenwandler, sondern auch die Clanmitglieder von StoneRiver und PineRock. Um diese große Eröffnung zu feiern, werden wir Worte von beiden Clanführern hören. Also heißt unseren ersten Redner, David Lee von StoneRiver, herzlich willkommen!"

Applaus ging los. Brads Blick wanderte zu David, aber der Drachenmann starrte eine Menschenfrau an, die Brad nur vage kannte.

Sein Drache sagte: *Sie ist die Schwester des menschlichen Gefährten von Gabriela Santos.*

Richtig – Tiffany Ford. Sie hatte Tasha bei den Vorbereitungen für die Bar und das Restaurant geholfen.

Obwohl, je länger David die Frau anstarrte, desto mehr fragte sich Brad, ob sie seine wahre Gefährtin war.

Jon Bell klopfte David auf die Schulter, und der Anführer von StoneRiver lächelte und ging auf die Bühne.

Während er seine Begrüßungsworte sprach, kam Tasha an Brads Seite. Er gab ihr einen schnellen Kuss und murmelte: „Du hast es geschafft."

„Natürlich." Sie küsste Mias Wange. „All das ist für sie, immerhin, um ihr eine bessere Zukunft zu geben. Ich hätte Panzer abgewehrt, um es zu schaffen."

Er schnaubte. „Ich wusste nicht, dass du jetzt Superkräfte hast."

„Natürlich nicht, Dummerchen. Aber nicht aus Mangel an Versuchen."

Sie schmunzelten einander an, und pure Freude durchströmte seinen Körper.

Dann wand sich ihre Tochter ein wenig, und beide starrten sie an, als sie sich wieder beruhigte. Mit seinem freien Arm um die Taille seiner Gefährtin, nahm Brad sich eine Sekunde, um den Moment zu speichern. Immerhin stand er an einem Ort, der den möglichen Wandel für die zwei wichtigsten Menschen in seinem Leben signalisierte. Sicher, es war nur ein Anfang. Aber mit Tasha und Mia an seiner Seite würde er alles tun, was nötig war, um die Menschen zu schützen, die er liebte.

Die Schwäche des Drachen

Der Drachenwandler und Anführer des Clans StoneRiver, David Lee, hat geschworen, niemals eine Gefährtin zu nehmen. Die vorherigen fünf Clanführer haben alle ihre Gefährtinnen durch Tragödien verloren, und er ist entschlossen, zu verhindern, dass eine weitere Frau dasselbe Schicksal erleidet. Selbst als er entdeckt, dass seine wahre Gefährtin eine Menschenfrau ist, gibt sich David große Mühe, Abstand zu halten, um sie zu schützen. Doch als er während einer Veranstaltung zur Unterstützung von verwaisten Drachenwandler-Kindern, eine ganze Woche in Tiffanys Nähe verbringen muss, wird es immer schwerer, der Menschenfrau zu widerstehen. Es wird ihn all seine Kraft kosten, sie zu beschützen.

Tiffany Ford ist begeistert, ausgewählt worden zu sein, um bei den verwaisten Drachenkindern zu helfen. Auch wenn der Clanführer von StoneRiver anfangs distanziert und fast unhöflich zu ihr ist, findet sie bald Freunde und genießt die Zeit. Als David ihr eine überraschende Herausforderung stellt, um ihre Beobachtungsfähigkeiten zu testen, ist sie fasziniert. Da sie noch nie jemand war, der einen Rückzieher macht, nimmt sie die Herausforderung an, neugierig darauf, mehr über den Anführer zu erfahren.

Mit jedem Tag erkennt Tiffany mehr, dass hinter Davids Zurückhaltung etwas anderes steckt, und sie beginnt sich zu fragen, ob zwischen ihnen etwas sein könnte. Doch beide plagen Zweifel – an sich selbst und am anderen. Werden sie in der Lage sein, diese zu überwinden, bevor es zu spät ist? Oder wird ein unerwarteter Feind ihre Chance auf eine glückliche Zukunft für immer zunichtemachen?

DIE SCHWÄCHE DES DRACHEN - erscheint demnächst

Über die Autorin

Jessie Donovan hat mehr als eine halbe Million Bücher verkauft, Hunderttausende weitere kostenlos an ihre Leser*Innen verschenkt und es sogar auf die Bestsellerlisten der *NY Times* und *USA Today* geschafft. Sie ist vor allem für ihre Drachenwandler-Serie bekannt, schreibt aber auch über Elfenhexen, Vampire, Alien-Krieger und hat sogar eine verrückt-komische Liebesromanreihe aufgelegt, die in Schottland spielt. Wenn sie nicht gerade ein Buch liest, auf ihrem Laufband joggt oder mit nur wenigen Groschen in der Tasche durch ein fremdes Land reist, findet man sie oft auf Facebook oder TikTok, wo sie mit ihren Lesern interagiert. Sie lebt in der Nähe von Seattle. Dort regnet es zwar oft, doch der Regen macht auch alles grün.

Besuchen Sie ihre Website unter: www.JessieDonovan.com